Crime et boule de neige

Bienvenue en Laponie

GARANCE POMMEROY

Saint-Jorioz 74410

Dépôt légal : Février 2023

Illustration : Canva.com

Correction : Nathalie Vandois, Correct'lie

ISBN : 9798372409910

Chapitre 1

Alors que Camille regardait dehors, son petit nez couvert de taches de rousseur se retroussa et un sourire illumina son visage. De lourds flocons s'écrasaient au sol, formant une couche de neige de plus en plus épaisse sur le muret devant le salon de thé. Cette fois-ci, l'hiver était bien là. Un thermomètre apposé à côté de la fenêtre indiquait une température de -15 °C. Les nuages compacts, teintés de rose, ressemblaient à des guimauves lumineuses. À cette période de l'année, début décembre, le soleil se levait aux alentours de 10 h du matin et disparaissait peu après 13 h, en offrant aux habitants et visiteurs de la région un crépuscule de plusieurs heures aux couleurs souvent éclatantes. Les passants, eux, la tête enfouie sous leurs bonnets colorés, marchaient avec précaution pour ne pas glisser, sans quitter le trottoir des yeux.

Camille était revenue en Laponie suédoise depuis à peine trois semaines, mais elle s'y sentait déjà comme à la maison, malgré la dispute qu'avait provoquée son départ. C'était la deuxième fois qu'elle, Française originaire de Rennes, allait s'installer dans cette région nordique et son père ne parvenait pas à l'accepter. Non pas que la distance lui pesât, mais c'était plutôt les choix professionnels de sa fille qui le rendaient fou. Il répétait sans cesse le même discours : « *Cinq ans d'études dans une école de commerce qui nous a coûtée les yeux de la tête ! Cinq ans de privations, d'économies, d'espoirs que notre enfant trouve une bonne place et toi, tu décides d'aller t'amuser dans la neige !* »

Camille soupira en secouant la tête pour chasser ses sombres pensées venues gâcher son plaisir. Si son paternel ne parvenait pas à accepter la vie qu'elle menait, c'était son problème. Elle avait déjà suivi les études qu'il souhaitait et elle s'en était mordu les doigts ! Depuis, elle s'était juré de ne plus faire ce qu'on lui dictait.

Elle s'arracha à ses réflexions, il fallait qu'elle se mette au travail. Le salon de thé n'allait pas tarder à ouvrir et l'endroit n'était pas encore tout à fait prêt.

Elle inspecta la salle d'un œil expert et repéra des coussins mal installés, des chaises non alignées et des bougeoirs sans bougies. C'était toujours pareil quand elle n'était pas de fermeture. L'organisation n'était pas la qualité première de sa patronne et Camille ne manquait pas de travail avant l'ouverture.

Une fois tous les détails arrangés, elle regarda le salon avec satisfaction, puis alla déverrouiller la porte d'entrée en prévenant Anita qui s'affairait en cuisine.

Au Fika d'Anita était un établissement de plaisirs gustatifs et sociaux, comme aimait à le dire sa propriétaire. Très populaire parmi les habitants de Mokkjokk, bourgade installée sur le cercle polaire suédois, il était ouvert tous les jours de 10 h à 18 h, sauf le dimanche. Fika désignait une pause que les Suédois s'accordaient à divers moments de la journée, pour manger un en-cas et boire un café.

Anita avait souhaité faire de cet endroit un refuge douillet où s'abriter quand il faisait froid et se détendre lorsque le soleil brillait dehors. Les murs crème étaient rehaussés par les teintes vives des chaises et des multiples coussins posés sur les banquettes. Des branches accrochées au plafond accueillaient des boules de Noël et des guirlandes à paillettes, donnant un côté féerique à l'endroit en cette période de fêtes. De nombreux tableaux suspendus aux murs mettaient en valeur des citations de motivation et de bien-être sur fond bleu, vert, orange et jaune. On pouvait y lire des phrases telles que : « *La vie, ce n'est pas d'attendre que les orages passent, c'est d'apprendre à danser sous la pluie* » ; ou encore « *Il ne faut pas attendre d'être parfait pour oser faire quelque chose de bien* ». Enfin, des petits bibelots un peu kitsch, mais locaux, tels que des bois de renne peints, des plateaux aux tons sames et des vases remplis de fleurs séchées parfaisaient la décoration. Le tout était éclatant, sans être agressif, reflétant le grain de folie d'Anita.

Camille, qui pensait devoir travailler dans un des hôtels de la région, n'en revenait toujours pas de sa chance d'avoir été embauchée ici, à peine quelques jours après son arrivée. Des horaires en journée et fixes, un salaire convenable, un cadre professionnel coloré et cosy qui sentait bon les pâtisseries et le café et des clients habituellement contents de pouvoir se réchauffer en dégustant des gourmandises. Pour couronner le tout, elle habitait juste au-dessus de ce paradis.

Le seul bémol : elle n'était pas à temps complet, mais travaillait juste 25 h par semaine. Entre son loyer, sa voiture qu'elle avait ramenée de France et le coût de la vie, elle s'en sortait tout juste et ses maigres économies fondaient comme neige au soleil. Mais qu'importe, ici, elle se sentait à sa place et c'était tout ce qui comptait pour le moment.

Un groupe de touristes allemands pénétra dans le salon de thé et s'installa près de la fenêtre. La playlist de musiques de Noël, préparée par Anita, tintait avec entrain et ils se déshabillèrent en soupirant avec satisfaction. Camille les accueillit chaleureusement en leur indiquant que les commandes se faisaient au comptoir. C'était l'une des distinctions majeures entre les cafés français et suédois : les clients n'étaient pas servis à table. Ils choisirent des brioches au safran, uniquement proposées avant Noël, ainsi que des tartines aux crevettes, très populaires dans la région et du café. Un autre couple de touristes suivit aussitôt, avec plusieurs travailleurs et le bibliothécaire, Fredrick, qui venait tous les jours avant d'aller au travail, accompagné de son petit chien, un cavalier King Charles. Il sourit gentiment à Camille qui lui servit son habituel chai latte et sa brioche à la cannelle, avant même qu'il n'eût le temps de passer commande. Camille ne put s'empêcher de penser que l'idée selon laquelle un animal ressemblait à son maître était tout à fait vraie pour ces deux-là.

Le crâne, au sommet dégarni de Fredrick, était auréolé de longs cheveux blancs qui lui arrivaient aux épaules et se confondaient avec sa barbe touffue argentée. Sa bouche disparaissait sous une moustache fouillis et ses yeux, légèrement tombants, luisaient d'intelligence et de malice. Son chien, quant à lui, du nom de Holmi, possédait de jolies oreilles au poil dru qui s'étalaient de chaque côté de son visage. Sa petite truffe noire surplombant deux babines assez courtes, mais pendantes, lui donnait une expression sage. Enfin, son regard brun pétillant, similaire à celui de son humain, sondait votre âme en un instant.

Fredrick prit délicatement sa commande des mains de Camille et l'emporta sur la table collée au mur du fond, sur laquelle un écriteau coloré indiquait « réservée » et où n'était installée qu'une seule chaise. C'était sa table. Il avait l'habitude de s'asseoir dos au mur et de siroter tranquillement sa boisson, tout en feuilletant le journal et en observant avec amusement les autres clients du salon.

Mais Camille n'eut pas vraiment le temps de lui prêter attention. Un flot continu de personnes affluait à intervalles réguliers, l'obligeant à courir entre les commandes et les tables à débarrasser. Anita, occupée à approvisionner sans cesse, ne pouvait se permettre de l'aider en salle si elle voulait satisfaire les estomacs affamés.

Le rythme se calma après le déjeuner et Anita en profita pour aller promener sa chienne, Bounty. Ayant toujours eu un compagnon à quatre pattes, il lui parut naturel d'ouvrir les portes de son salon de thé au meilleur ami de l'homme. Tant que Bounty ou aucun autre animal ne se trouvait dans les cuisines, le service d'hygiène n'y voyait aucun inconvénient. Anita avait donc le plaisir de partager ses journées entre ses deux plus grands amours, à savoir son magnifique berger des Shetland, couleur bleu merle, et son palais gourmand.

À l'heure de fermeture, Camille ne se fit pas prier pour verrouiller la porte. Elle était lessivée. Son corps n'avait pas encore l'habitude de rester de longues heures debout et ses pieds la faisaient atrocement souffrir. Mais l'excitation à l'idée de la soirée à venir prit rapidement le dessus et elle se dépêcha de préparer la pièce pour lundi et de tout mettre en ordre.

—Tu les as déjà vus ? lança-t-elle à Anita qui nettoyait la cuisine.

— Vu quoi ?

— Le groupe qui passe ce soir au *Krog*. J'ai tellement hâte, c'est ma première fête depuis que je suis arrivée !

— Ce sont des musiciens locaux de pop, lui répondit sa patronne en amorçant une petite danse. Ils sont super et ça va faire du bien à tout le monde de se dégourdir les pattes sur la piste de danse ! Tu veux qu'on y aille ensemble ?

— C'est gentil, mais j'y rejoins mon amie Caisa. On va manger là-bas avant le concert.

— Alors tu auras tout le temps d'admirer Mattias…

À presque cinquante ans, Anita n'était pas une patronne comme les autres et surtout, elle ne ressemblait en rien au Suédois typique. Les habitants de la région avaient pour réputation d'être assez froids et distants. Toujours polis, obéissants, disciplinés, ils n'avaient, pour la plupart, rien d'extravagant ou d'expansif. Camille, au cours de ses années en Scandinavie, s'était même demandé plusieurs fois si la personne en face d'elle était contente, triste ou en colère. Le stoïcisme était un sport national et il était parfois difficile pour les gens venant des pays du sud de s'adapter à ce calme à toute épreuve.

Anita, en revanche, était une tornade à elle toute seule. Toujours enjouée, elle chantonnait souvent quand elle cuisinait et distribuait des sourires à tout va. Depuis l'arrivée de Camille à Mokkjokk, Anita avait été son pilier, le feu qui éclairait sa route quand elle pensait avoir effectué le mauvais choix en revenant dans le nord. En moins de deux semaines, Camille lui avait raconté toute sa vie et lui faisait déjà une confiance aveugle. Anita était un aimant à confessions et elle adorait récolter les bavardages et les secrets.

Rouge tomate, Camille préféra se concentrer sur sa serpillière plutôt que de répondre. Mattias était le barman en chef du *Krog*, le bistrot le plus populaire de la ville. Assez grand, mince, châtain très clair et cheveux courts, il portait sur lui cette confiance en soi qui attirait tous les regards. Et pour ne rien gâcher, le lobe de son oreille droite abritait un gros piercing qui lui donnait un côté mauvais garçon.

Camille passait beaucoup de temps au pub, avec un bouquin ou son ordinateur, dans l'espoir qu'il la remarque, mais les petites rousses au visage poupin et aux cuisses qui se touchent ne semblaient pas être son genre…

Depuis qu'elle avait rompu avec son ex, sa vie sentimentale était un désert aride et venteux. Certes, elle aimait être indépendante et libre de choisir son destin, mais elle n'aurait pas refusé un peu de distraction avec un séduisant partenaire. Malheureusement, les prétendants ne se bousculaient pas au portillon.

Chapitre 2

Debout sur son lit, à moitié tordue pour voir toute sa silhouette dans le miroir de la salle de bain, Camille était sceptique. Elle avait essayé de se mettre sur son trente-et-un dans l'espoir de séduire le beau barman, mais le résultat final n'était pas celui escompté. La robe-pull grise offerte par sa mère avant de partir faisait ressortir son ventre et accentuait la taille de ses mollets déjà plus forts que la moyenne. De plus, ses bottes de neige contrastaient avec les collants en tartan écossais rouges qu'elle affectionnait tant. Mais comment faire autrement ? Le pub se trouvait à une dizaine de minutes à pied de son appartement et par une température frôlant les -20 °C, elle risquait la congélation de ses petons en portant une paire de chaussures non fourrées. Frustrée, elle opta plutôt pour un jean simple et un pull aux motifs islandais. À défaut d'être sexy, elle se sentirait bien. Puis elle détacha ses longs cheveux roux ondulés qui faisaient sa fierté. En cas de besoin, elle pourrait toujours minauder en enroulant des mèches autour de ses doigts.

Caisa était déjà attablée quand elle arriva au *Krog*. Elle se déshabilla et suspendit son manteau à l'entrée, sur les crochets prévus à cet effet. L'un des côtés positifs chez un peuple qui suit les règles sans protester, c'était que l'on pouvait laisser ses effets personnels sans surveillance et être sûre de les récupérer plus tard sans problème. Cette tranquillité d'esprit était l'un des aspects qui avaient le plus manqué à Camille pendant son séjour en France, suite à sa séparation avec son conjoint.

À la fin de sa scolarité, fraîchement diplômée de HEC, elle avait décroché un stage de fin d'études à Stockholm dans une agence de communication. Afin de fêter les bons résultats de l'année écoulée, le patron de l'entreprise eut la généreuse idée d'organiser un séjour éclair en traîneau à chiens, dans le nord du pays. Camille et ses collègues avaient vécu trois jours de rêve. En binôme à la tête d'un attelage de huskies, ils avaient traversé des paysages enneigés scintillants de mille feux sous le soleil hivernal. À la nuit tombée, les étoiles brillaient par milliers dans un ciel dépourvu de toute pollution lumineuse. Une aurore boréale était même venue brièvement danser au-dessus de leurs têtes. Quant au musher, Ian, il avait atteint le cœur de la jolie stagiaire.

Après ce week-end enchanté, Camille avait passé son temps à faire des allers et retours entre le nord et la capitale, avant de s'installer définitivement avec son nouvel amoureux, au grand dam de son père.

Les cinq années suivantes l'avaient comblée de bonheur. Elle menait une vie d'aventurière nordique et elle devint une musheuse aguerrie. Mais la passion du métier s'étiola petit à petit et les journées sans fin à s'occuper des cinquante chiens de son conjoint et à former à la conduite d'attelage des touristes peu attentifs se transformèrent en corvée.

Camille avait envie de pouvoir partir en week-end, de rencontrer des amis, d'aller visiter des pays lointains. Ian, en revanche, pour qui les chiens avaient toujours fait partie de son quotidien, ne voyait pas les choses sous cet angle et était peu ouvert aux changements. Le couple s'était donc séparé après six années de vie commune et Camille était rentrée en France, sous les yeux pleins de reproches de son père.

— Ça me fait tellement plaisir de te voir, l'accueillit Caisa en l'enlaçant chaleureusement. Je n'en reviens toujours pas que tu sois venue vivre à Mokkjokk ! On va enfin pouvoir passer plus de temps ensemble.

Elles s'installèrent sur l'une des tables du pub, dont la peinture noire s'écaillait par endroit. Le *Krog* n'était pas particulièrement douillet et n'avait pas le charme des pubs écossais, mais il avait le mérite d'être là et d'organiser assez régulièrement des concerts. Un faux lambris foncé tapissait l'intérieur, luisant sous la lumière diffuse de plafonniers modernes. Des tables carrées en bois, bordées de fauteuils en skaï, étaient éparpillées côté restaurant et un lino fatigué supportait avec bravoure les pas lourds des clients. Sur les murs, s'alignaient des cadres de photos en noir et blanc d'acteurs américains. Les concerts avaient lieu dans une pièce adjacente, munie d'une petite scène. Des guirlandes de Noël étaient accrochées çà et là pour l'occasion et tous les serveurs portaient un bonnet rouge à pompon blanc.

— Alors, raconte-moi tout. Ça se passe bien au salon ?

— Tu connais Anita, c'est une vraie boule de joie ! Comment ne pas être heureuse de travailler là-bas ? Et cette neige… dit Camille en poussant un soupir de contentement. Ça me manquait terriblement.

Elle jeta un rapide coup d'œil vers le bar et constata que Mattias ne lui accordait pas un regard, trop occupé à prendre les commandes des nombreux clients. Son pompon se balançait d'une épaule à l'autre chaque fois qu'il tournait la tête. Un grognement frustré s'échappa des lèvres de Camille. Même lorsque le pub était vide, cet homme ne la remarquait pas, alors comment pouvait-il en être autrement dans une salle bondée ?!

— Et Ian ? Tu lui as parlé ? demanda Caisa en remarquant l'œillade flagrante de son amie pour le serveur.

La mention de son ex ramena immédiatement Camille dans la conversation.

— Pourquoi ferais-je ça ? Il a fait ses choix et moi les miens ! Notre histoire est définitivement enterrée. D'ailleurs, on ne s'est plus donné de nouvelles depuis mon départ et je n'ai pas l'intention d'y remédier, répondit-elle sur un ton plus agressif qu'elle ne l'aurait voulu.

Caisa venait d'une famille d'éleveurs de rennes. Cette activité était réservée uniquement au peuple same, qui s'était installé dans la région dix mille ans plus tôt. Autrefois nomades, suivant les rennes au gré des migrations, les Sames avaient su s'adapter à la vie moderne. Certains avaient complètement abandonné l'élevage et d'autres, comme la famille de Caisa, avaient perpétué cette tradition millénaire. Aujourd'hui semi-nomades, Caisa et son clan passaient l'hiver sur la commune de Mokkjokk, et la jeune femme faisait découvrir aux touristes sa culture, tout en soignant les rennes qui en avaient besoin. Toujours par monts et par vaux, elle était aussi une activiste engagée dans la défense des droits sames et la protection de leurs territoires.

Camille avait d'ailleurs fait sa connaissance quelques années plus tôt, lorsqu'un projet de mine avait été lancé juste à côté d'un des grands parcs nationaux des environs. Caisa avait organisé une véritable zone à défendre (ZAD) à l'endroit des futurs travaux et Camille et son ex y avaient campé avec tous leurs chiens pendant presque un mois aux côtés d'une cinquantaine d'autres personnes. Cette aventure avait scellé une amitié durable.

Une serveuse vint les voir pour noter leurs commandes et Camille, comme à son habitude, opta pour un hamburger et des frites, malgré le souvenir désagréable de sa silhouette dans la robe-pull. Elle aimait à se dire que le froid extérieur suffirait à éliminer toutes les calories englouties, même si sa balance lui serinait clairement le contraire !

Tandis que les deux amies se remémoraient les bons souvenirs en attendant leur repas, un homme à la mine patibulaire passa la porte d'entrée. Sans même enlever son lourd manteau de travailleur jaune fluo sale, il s'installa au bar et commanda une grande bière et des travers de porc d'une voix rêche et forte.

Caisa se raidit en se redressant sur sa chaise, tel un chat faisant le dos rond face à un ennemi.

— C'est qui ce type ? l'interrogea Camille en remarquant son changement d'attitude.

— Holmgren, cracha-t-elle entre ses dents serrées.

Ce nom lui était légèrement familier.

— Tu veux dire le mec de la scierie ?

— Lui-même.

Leif Holmgren, malgré son apparence négligée et sa mine agressive, était l'un des habitants les plus riches de la ville. Et pour cause, il était propriétaire de la plus importante scierie de la région. L'entreprise avait été bâtie par son père et Leif en avait repris la tête deux ans auparavant, en faisant d'elle une société puissante et très rémunératrice. À présent, ses activités s'étendaient non seulement au débitage du bois, mais aussi à la coupe en forêt, et l'homme d'affaires avait acheté de multiples hectares et mis en place des partenariats avec les compagnies forestières.

Le problème : la scierie avait acquis de nombreux terrains se trouvant sur le territoire migratoire des rennes de Caisa et les déforestations successives menaçaient son troupeau.

Les rennes se nourrissaient de diverses variétés de lichens qui mettaient des dizaines d'années à se régénérer et le déboisement entraînant la destruction des sols, il devenait difficile pour eux de dénicher de quoi manger.

Caisa, qui militait pour la protection de ses terres ancestrales, avait déjà organisé plusieurs opérations, dont un sit-in début novembre, durant lequel la célèbre activiste Grina Vonberg avait participé. Malheureusement, les manifestations, peu médiatisées, n'avaient pas encore porté leurs fruits.

Caisa haïssait Leif Holmgren.

— Ça me tue qu'il soit là à siroter sa bière, alors qu'il détruit la vie de plusieurs familles ! Si seulement il pouvait s'étouffer avec sa viande !

— Si tu veux, je le tiens pendant que tu lui enfonces ses travers de porc dans la gorge, plaisanta Camille.

Mais sa remarque tomba à l'eau. Des larmes de rages brillèrent dans les yeux de Caisa et un silence pesant s'installa. Elles continuèrent donc à manger dans une ambiance maussade qui contrastait avec la jovialité environnante. Dehors, la neige tombait toujours à gros flocons.

Prise d'une soudaine inspiration, Camille saisit Caisa par la main et l'entraîna de force dehors.

— Allez, viens ! De toute façon, tu ne mangeais plus. J'ai une super idée !

Elle enfila son énorme manteau, sous le regard amusé de Caisa qui n'avait qu'une veste fine en duvet, puis elle l'emmena un pâté de maisons plus loin, dans un petit parc où trônait fièrement une vieille église en bois. Avec son toit gris recouvert de neige et ses murs rouge sang, la chapelle arborait un charme pittoresque incontestable.

Camille se faufila dedans par une porte verte, et actionna la lampe torche de son téléphone pour y voir quelque chose. Six rangées de bancs délabrés étaient alignées de chaque côté de la minuscule allée centrale et une table blanche faisait office d'autel. Sur la droite, quelques cierges étaient posés sur une étagère. Sans un mot, elle saisit les bougies une à une et les alluma avec le briquet qu'elle gardait toujours dans sa poche au cas où elle aurait envie de fumer une cigarette.

Caisa, restée sur le pas de la porte, l'observait en silence. Elle aimait particulièrement cette église dans laquelle ses parents s'étaient mariés, ainsi que son frère.

Quand toutes les petites flammes vacillèrent gaiement, Camille vint se poster à ses côtés en lui prenant la main.

— Maintenant, prions pour ta famille, tes rennes et pour tous les Sames, dit-elle en fermant les yeux.

Bien que Camille ne soit pas croyante, elle était convaincue du pouvoir de la pensée positive et des bonnes ondes. Et puis, cela ne pouvait pas nuire. Cette petite escapade nocturne changerait les idées de Caisa et c'était exactement ce qu'elle voulait.

Après quelques minutes debout dans le froid de l'église, Camille se mit à frissonner des pieds à la tête. Elle essayait autant qu'elle le pouvait de ne pas trembler, mais son corps n'en faisait qu'à sa tête !

— Merci, chuchota Caisa, ça m'a fait du bien… mais je ne voudrais pas que tu meures gelée à cause de moi ! Éteignons les bougies et rentrons au *Krog*, le concert a déjà dû commencer.

Sur le chemin du retour, Camille sautillait pour tenter de se réchauffer, mais rien n'y faisait. Elle ne sentait plus ni ses orteils ni le bout de ses doigts.

— C'est quand même fou que tu aies décidé de t'installer ici, alors que tu as tout le temps froid. Avec une doudoune pareille, tu devrais transpirer !

— Que veux-tu, j'adore la neige. Et puis après toutes ces années dans le nord, je suis devenue allergique à la vie citadine.

Quand Camille ouvrit la porte du pub, une vague de chaleur s'en échappa, ainsi qu'une légère odeur de transpiration. Soupirant d'aise, elle se faufila parmi les clients dont le nombre avait doublé depuis leur départ et alla jusqu'à la salle de concert. De nombreuses personnes arboraient des accessoires de fête, bonnet de Noël, lunettes colorées, chapeaux à paillettes. Des pulls moches côtoyaient des serre-têtes à bois de rennes et même des nez rouges de Rudolf et Camille regretta de ne pas y avoir pensé, trop inquiète de plaire à Mattias !

Elle repéra Anita qui dansait déjà au rythme de la musique pop et celle-ci leur fit signe de la rejoindre.

— J'avais peur qu'on ne se retrouve pas ! cria-t-elle par-dessus la chanson tout en continuant à se dandiner.

Bien que le pub fût effectivement bondé, l'établissement ne faisait qu'une centaine de mètres carrés et il aurait été difficile d'y perdre quelqu'un.

— Vous connaissez Anna, Ingrid et Eva ? Elles font partie du club de lecture.

Eva, une petite brune ronde aux cheveux bouclés, avait une guirlande dorée autour du cou et leur sourit avec enthousiasme. Caisa tendit la main vers la dénommée Anna d'un geste franc, mais celle-ci se détourna en fronçant le nez, annonçant qu'elle allait chercher de quoi se désaltérer.

Quelle mouche l'avait donc piquée ? pensa Camille en jetant un regard interrogatif à Anita, mais celle-ci haussa les épaules.

— Tu veux boire quelque chose ? demanda Caisa entre deux pas de danse.

— Un cidre. Mais je viens avec toi, chacune paye ses consommations, ce n'est pas comme si on roulait sur l'or.

Arrivées au bar où Mattias se démenait avec efficacité pour servir tout le monde, elles virent Anna qui repartait déjà, trois bières à la main. Mais au moment où elle se détourna du comptoir, elle fut malencontreusement bousculée par un homme qui semblait ivre, Leif Holmgren. Plus rapide que son état ne le laissait imaginer, il se retourna et poussa sèchement

Anna. Elle perdit l'équilibre et s'effondra au sol, répandant le liquide ambré sur ses vêtements.

— Tu ne peux pas faire attention, espèce de traîtresse ! Toujours à fourrer ton nez là où tu ne devrais pas ! aboya-t-il tandis que la pauvre femme, choquée, essayait tant bien que mal de se relever.

Tous les clients à portée de vue se figèrent en regardant la scène avec appréhension. Leif était connu pour être un trouble-fête lorsqu'il était en état d'ébriété. Mattias posa doucement le verre qu'il était en train de servir sur le comptoir et le fixa d'un œil sévère, mais avant qu'il ait pu prononcer un mot, Caisa émergea de la foule et se pencha pour aider Anna.

— Espèce de salaud, ça ne te suffit pas de maltraiter les autres familles, il faut aussi que tu martyrises la tienne ! fulmina-t-elle, les joues rouges, une fois Anna debout.

Elle leva le bras pour gifler son adversaire, mais une main ferme l'arrêta. Sans que personne ne le remarque, Mattias était passé de l'autre côté du comptoir pour s'interposer et éviter une bagarre.

— Si vous voulez vous battre, allez le faire dehors. Leif, je crois que tu as assez bu. Calme-toi où je vais être obligé d'appeler la police.

Caisa se dégagea brusquement et fusilla Leif des yeux avant de se retourner vers Anna, mais celle-ci avait déjà filé hors du pub, en pleurs. Excédée, elle cracha alors au pied du patron de la scierie.

— Tu vas le regretter ! siffla-t-elle avant de foncer à la suite d'Anna.

Camille, choquée par la scène, ne bougea pas. Mattias s'approcha doucement d'elle en lui demandant si elle allait bien. Dans un moment différent, elle aurait sauté de joie, mais après ce qui s'était passé, elle hocha simplement la tête, tremblante et partit rejoindre Anita en quatrième vitesse.

Les autres clients du pub, eux, étaient déjà retournés à leurs verres en profitant du concert.

Chapitre 3

Quand elle s'éveilla le lendemain, Camille n'aurait su dire s'il était trois heures du matin ou bien huit heures. L'obscurité enveloppait encore la ville et elle aperçut par la fenêtre, sous la lumière du lampadaire, de gros flocons qui continuaient de tourbillonner dans une danse infinie. Décembre était l'un des mois les plus neigeux et ce n'était pas peu dire. Il pouvait tomber plus d'un mètre de poudreuse en quelques jours.

Elle vérifia son téléphone portable et malgré l'heure matinale, se décida à commencer sa journée. Frissonnante, sa grosse robe de chambre par-dessus son pyjama en polaire, elle se dirigea vers sa cuisinette, les pieds enfouis dans des chaussons fourrés, en allumant toutes les lampes sur son passage.

Elle avait emménagé dans cet appartement meublé quelques jours avant d'être embauchée au salon de thé et n'avait pas encore eu la motivation de le décorer à son goût. Elle avait seulement acheté quelques guirlandes lumineuses et deux figurines de gnomes aux longs chapeaux pointus. Mais pour aménager ce logement en petit nid douillet, il lui faudrait aller dans une plus grande ville située à deux heures de route de Mokkjokk… et puis faire du lèche-vitrine en pleine période de Noël, très peu pour elle ! Les gens devenaient presque obsessionnels, voulant à tout prix acquérir la dernière babiole à la mode… sans doute l'effet hypnotisant des guirlandes lumineuses ! De toute façon, l'état de son compte en banque était un remède miracle contre toute fièvre acheteuse ! Et puis, se convainquait-elle tout en buvant son café bien chaud, cet endroit n'était pas si mal.

Les propriétaires avaient récemment rénové l'appartement et les murs blancs sentaient encore un peu la peinture. Les meubles, tout juste sortis d'Ikea, s'harmonisaient en créant un style typiquement scandinave : simple, froid et sans chichi. Certes, ce n'était pas au goût de Camille, mais elle ne manquait de rien.

Tout en beurrant une tartine grillée, son esprit divagua sur la soirée de la veille. C'était la première fois qu'elle voyait ce Leif Holmgren et espérait bien que ce soit la dernière. L'aura de cet homme était détestable. Et d'ailleurs, pourquoi avait-il aboyé sur Anna en la traitant de traîtresse ?

Malgré ce souvenir peu plaisant, un sourire étira ses lèvres. Son père étant militaire, Camille avait souvent déménagé sans jamais vraiment avoir eu l'occasion de s'installer durablement quelque part avant sa majorité. La vie de village, les rumeurs et les histoires entre habitants de petits patelins l'avaient toujours fait fantasmer. Elle aussi voulait y participer.

Elle envoya un SMS à Caisa pour s'assurer qu'elle se portait bien et lui proposer de prendre un café dans l'après-midi. Puis, comme tous les dimanches, la mort dans l'âme, elle appela sa mère.

— Maman, c'est moi.

— Juste une minute, chuchota celle-ci, je m'éloigne de ton père.

Camille soupira.

— Pourquoi faut-il toujours que tu t'écartes quand je téléphone ?

— Comment vas-tu, ma chérie, tout se passe bien dans ton Grand Nord ? éluda Mme Dubon.

— Tout va bien. Je travaille pas mal au salon et hier, j'ai assisté à un concert avec des amis. Il n'arrête pas de neiger, c'est très beau.

— Oh, ma chérie, c'est super. Je vois que tu te plais dans ta nouvelle vie.

— Et toi ? Tu vas bien ? Papa est toujours de bonne humeur ? interrogea-t-elle ironiquement.

— Hum… Oui, nous sommes en bonne santé et tu sais, la routine. J'ai décoré le sapin et Dominique a installé les lumières dans le jardin. C'est magnifique, je t'enverrai des photos.

Camille connaissait sa mère par cœur et elle savait que son ton enjoué cachait une profonde tristesse. La même qui étreignait son propre cœur quand elle pensait à son père. Même si leur relation était houleuse depuis son départ en Laponie, cela n'avait pas toujours été le cas. Dominique Dubon avait été un père présent et attentionné et elle admirait beaucoup cet homme toujours élégant et intrépide. Quand elle était petite, elle faisait de son mieux pour le rendre fier.

Malheureusement, leur complicité avait brusquement disparu lorsqu'elle s'était installée avec Ian. Depuis, Dominique Dubon ne lui adressait quasiment plus la parole, sauf pour lui faire des reproches. Afin d'éviter les conflits, Sylvie, sa femme, avait pris l'habitude de s'éloigner de son mari lorsque Camille appelait et sous aucun prétexte elle n'abordait ce sujet épineux.

— Moi aussi, j'ai installé quelques décorations.

— Fantastique, ma chérie, tu me montreras.

— Je vais aller me promener maintenant. Bisous, maman.

Un sentiment de colère mêlé de tristesse l'envahit, comme chaque fois qu'elle téléphonait à sa mère. Son père était tellement injuste ! Pourquoi ne pouvait-il pas accepter sa vie et la soutenir, tout simplement ? N'était-elle pas assez bien pour lui ? Presque huit ans que cela durait et aucune amélioration ne se profilait à l'horizon. Sylvie continuait de faire l'autruche et d'éviter la question et son père se terrait dans sa bêtise. Camille aurait largement préféré qu'une énorme dispute éclate et qu'ils règlent les problèmes à cœur ouvert, mais dans sa famille, les choses ne fonctionnaient pas ainsi.

Pour évacuer sa frustration, elle sortit se promener en ville. Le jour commençait à pointer le bout de son nez et les nuages se teintaient doucement de rose vif. Elle troqua son pyjama contre des sous-vêtements thermiques, enfila un pull en laine et par-dessus encore sa combinaison de ski. Elle termina par un tour de cou, une écharpe, des sous-gants, des gants, un bonnet et des chaussures, le tout prenant bien une dizaine de minutes. C'était incroyable le temps que les habitants passaient à se vêtir et à se dévêtir en hiver !

L'air froid lui gela instantanément les poils de nez et lui calma l'esprit. Tant pis pour son père, elle était heureuse ici et c'était ce qui comptait, pensa-t-elle, et peut-être qu'à force de se répéter ce mantra, elle finirait par y croire.

Elle fit le tour de son immeuble d'un pas pressé pour rejoindre sa voiture sur le parking. Une balade en raquettes en haut de la colline du Grand Garçon, voilà ce qu'il lui fallait ! Le départ du sentier se trouvait à une dizaine de minutes à peine. Elle débrancha le câble qui reliait son véhicule à la borne avant de monter à bord. Dans le nord, toutes les voitures étaient équipées d'une prise qui permettait de garder l'huile du moteur chaude et de pouvoir ainsi démarrer sans problème. Camille ayant acheté sa vieille Volvo vert forêt quand elle habitait encore avec Ian, le système y était déjà installé.

Raquettes dans le coffre, elle se dirigea vers l'artère principale. Les rues étaient désertes, ce qui n'avait rien de surprenant pour un dimanche matin. Mais arrivée vers le

Krog, elle remarqua un attroupement de badauds à côté de l'église same où elle avait emmené Caisa la veille. Deux véhicules de police et une ambulance y étaient stationnés. Prise d'une irrésistible curiosité, elle se gara juste devant le pub et alla rejoindre la foule. Que pouvait-il bien se passer pour que les habitants se réunissent ainsi un dimanche matin ?

Un cordon jaune était tendu sur le chemin piéton menant à la chapelle et deux personnes en combinaison stérile s'affairaient. Des gendarmes empêchaient les gens de passer, tandis que deux inspecteurs s'entretenaient avec une femme aux cheveux blonds et courts. Elle portait un élégant chapeau en fourrure blanche décoré d'une grosse fleur écarlate et un long manteau vert bouteille. Un berger des Shetland bleu merle et très touffu était assis à ses pieds en gémissant comme un enfant impatient. Camille reconnut immédiatement la tenue excentrique d'Anita.

Se retenant de lui faire de grands signes de la main, elle interrogea une petite dame replète aux joues rouges.

— C'est Leif Holmgren. Il a été retrouvé mort ! expliqua-t-elle les yeux grands ouverts. C'est Anita qui l'a trouvé alors qu'elle promenait son chien.

— Le propriétaire de la scierie ? demanda Camille pour être certaine de ne pas se méprendre sur la personne. Comment est-il décédé ?

Elle était abasourdie par la nouvelle. Elle avait vu cet homme la veille au concert ! Qu'avait-il bien pu se passer pour qu'il se retrouve… mort ?!

Une lueur d'excitation malsaine traversa les yeux de la petite dame.

— Apparemment il a terminé le concert complètement saoul hier. J'imagine qu'il a dû faire un coma éthylique et mourir de froid, répondit la dame avec une once de mépris dans la voix. Je suis sortie presque en même temps que lui et je vous jure que ce n'était pas beau à voir. Il paraît qu'il avait agressé sa sœur plus tôt dans la soirée. Pauvre petite. Elle n'a pas eu la vie facile.

— Anna est sa sœur ?

La femme scruta sa jeune interlocutrice pour vérifier qui pouvait bien poser une question aussi stupide, haussa les épaules, puis engagea la conversation avec la personne à sa droite. Elle ne souhaitait clairement plus donner d'informations à une étrangère ignorant qui était Anna Holmgren. Vexée, Camille reporta son attention sur Anita, mais les deux policiers l'accaparaient toujours.

Il était impossible de voir quoi que ce soit depuis les cordons qui bloquaient la zone. Elle tenta d'apercevoir des détails intéressants, en vain. N'ayant jamais été confrontée à la mort, elle imaginait mal un corps humain sans vie.

Quand elle se rendit compte de la nature de ses pensées, une vague de honte l'envahit. Leif n'était pas quelqu'un d'apprécié, mais personne ne méritait de mourir ainsi, seul, dans le froid glacial et l'obscurité. Il était pourtant évident qu'elle n'était pas la seule à faire la curieuse. L'excitation était palpable parmi la foule et cet évènement, aussi macabre fût-il, alimenterait les conversations au moins jusqu'à Noël.

La scierie employait beaucoup de monde en ville et ce décès allait certainement avoir des conséquences sur les travailleurs. Mais la bonne nouvelle était que Caisa et sa famille auraient peut-être une chance de sauver leurs rennes. Sans Leif Holmgren, la déforestation de ses terres allait probablement cesser. Camille se retint cependant d'envoyer un message à son amie. Un « *Super nouvelle, Leif est mort* » lui semblait déplacé. Caisa le découvrirait par elle-même bien assez tôt.

Une désagréable sensation d'engourdissement s'emparait petit à petit des pieds de Camille. Elle hésita un instant, puis décida finalement d'aller se promener comme prévu. Elle appellerait ensuite Anita pour avoir plus de détails. Leif Holmgren étant déjà mort, il ne risquait pas de faire plus d'émules et elle voulait profiter du peu de luminosité qu'offrait le soleil en cette saison.

Des flocons parsemaient sa magnifique chevelure rousse, tandis qu'elle montait péniblement les quelques kilomètres restant avant le sommet de la colline. La neige fraîche crissait et roulait sous ses pas, lui donnant l'impression d'avancer dans un bol de semoule.

À l'époque où elle travaillait avec les chiens, elle était très en forme, mais ces deux ans en France lui avaient fait perdre son côté sportif. Fromage à gogo, charcuterie, pain, pâtisseries de toutes sortes avaient été la base de son alimentation, un moyen de combler son cœur brisé et sa frustration d'être de retour dans son pays natal. Elle avait même repris la cigarette pour évacuer le stress de la cohabitation avec ses parents !

Mais à présent, dans cette nouvelle vie, elle souhaitait faire table rase du passé et tout recommencer à zéro. Un nouvel environnement, un nouveau départ. Il n'était pas question qu'elle retouche à la cigarette ! tentait-elle de se persuader en touchant machinalement le briquet au fond de sa poche.

Ce fut pleine de bonnes résolutions et haletante qu'elle arriva en haut de la colline. Un refuge aux couleurs suédoises, rouge et blanc, trônait au milieu d'une esplanade enneigée, entourée d'une forêt de pins. Un barbecue était mis à disposition des promeneurs et plusieurs bancs s'alignaient sur la corniche. Camille s'en approcha pour admirer la vue imprenable sur Mokkjokk et ses environs. L'on distinguait la rivière Leluo scinder la forêt boréale en deux, puis longer le village, ainsi qu'une petite partie du lac sur lequel donnaient quelques résidences privilégiées. Au loin, des montagnes surplombaient fièrement ce paysage sauvage et s'étendaient vers l'ouest, dans le plus grand parc national du pays. Le soleil orange rasait l'horizon, à peine visible à travers les nuages, se préparant déjà à se coucher. Durant les jours les plus courts de l'année, il ne se pavanait jamais haut dans le ciel, préférant s'alanguir en un long crépuscule.

Camille prit une longue inspiration satisfaite. Elle avait bien fait de revenir s'installer dans le Nord. C'était ici qu'elle se sentait à sa place et voulait se construire la vie dont elle avait toujours rêvé.

En redescendant au parking, n'ayant pas très envie de retourner dans la solitude de son appartement, elle se rendit chez Anita pour boire un café. La police devait sûrement en avoir terminé avec elle et elle désirait ardemment connaître toute l'histoire.

Chapitre 4

Anita vivait non loin de la petite église same. Elle avait pour habitude de promener sa chienne tous les jours de bon matin, en prenant toujours par le même chemin. Elle longeait sa route en direction de la chapelle, coupait par les bois, puis passait devant l'auberge de jeunesse. Juste à côté se tenait la maison des Holmgren, l'une des plus vieilles et des plus grandes demeures du village. Elle rejoignait ensuite l'établissement de santé, traversait un autre parc pour atterrir sur les bords du lac et terminait en flânant le long des berges avant de retrouver sa maison, quelques rues plus haut. Un trajet qu'elle aurait pu faire les yeux fermés.

Camille se gara devant l'habitation aux murs jaunes et à la toiture gris foncé. Plusieurs voix résonnaient à l'intérieur et ce fut une Anita rayonnante qui vint lui ouvrir.

— Camille, ma chérie, j'étais sûre que tu passerais me voir ! Tu as entendu la nouvelle ? lui demanda-t-elle en lui donnant une accolade.

— Tu veux dire la mort de Leif ?

— Non, je veux dire… oui, répondit-elle en secouant la tête d'un air subitement confus, comme si elle se rendait tout à coup compte que le décès d'un homme n'était pas vraiment un objet de réjouissance. Je sais, c'est affreux. Entre vite, on refroidit toute la maison.

Une douce chaleur fit monter le rose aux joues de Camille tandis qu'elle se déshabillait. Il n'était pas choquant de se retrouver en sous-vêtements thermiques chez les gens une fois l'hiver venu. Ainsi vêtue, elle débarqua dans le séjour coloré d'Anita, où deux autres personnes discutaient, un café à la main, en mangeant des brioches au safran.

La décoration était loin du style régional traditionnel, assez simple et un peu désuet. Les murs d'un beige lumineux contrastaient avec le jaune ocre des chambranles de portes et de fenêtres. De confortables tapis colorés s'étalaient sur un sol en lino imitation parquet et des fauteuils moelleux recouverts de plaids éclatants invitaient les visiteurs à s'installer. De nombreux cadres, babioles en tout genre, plantes vertes et bibelots complétaient le tout. Enfin, d'épais rideaux, ocre également, habillaient les fenêtres.

— Assieds-toi, je vais te chercher une tasse.

Camille adressa un sourire chaleureux aux autres convives, puis s'installa sur un petit bout de canapé encore disponible. Elle reconnaissait Ingrid et Eva, qu'Anita lui avait présentées la veille au concert.

— C'est terrible ce qu'il s'est passé, n'est-ce pas ? lança Ingrid tristement. Pauvre Anna, elle doit être dévastée.

— Elle ne s'entendait pas très bien avec son frère, cela dit, rajouta Eva.

— C'était la seule famille qu'il lui restait ! Mets-toi à sa place !

Eva baissa la tête d'un air contrit.

Dès qu'Anita revint au salon, elle s'installa sur une chaise et d'un air très fier, raconta pour la énième fois ce qui lui était arrivé.

— Ce matin, comme d'habitude, je suis sortie promener Bounty, mais quand je suis passée devant la vieille église, elle est partie renifler dans la neige, juste en face de l'entrée et s'est mise à gémir et à gratter. Il faisait nuit et ma frontale n'éclairait plus si bien que ça. Je l'ai appelée, mais impossible de la faire revenir, elle n'écoutait rien.

Elle fit une pause dramatique en regardant ses amies.

— Ensuite, que s'est-il passé ? pressa Camille, avide d'en savoir plus.

— J'ai rejoint Bounty et c'est là que j'ai vu le corps d'un homme, étendu sur le sol ! J'ai hurlé de peur et je ne savais pas quoi faire, alors je lui ai demandé si tout allait bien, s'il avait besoin d'aide, mais…

Elle fixa son auditoire d'un air désespéré et Camille sourit intérieurement. Anita aurait pu être actrice sans le moindre doute. Ingrid hochait la tête avec avidité, impatiente de connaître la suite, tandis qu'Eva serrait ses mains sur ses genoux, comme si elle était en proie à un stress important.

— Je n'ai obtenu aucune réponse. Imaginez mon embarras : l'obscurité était opaque, la neige tombait à gros flocons et Bounty n'arrêtait pas de gémir bruyamment. Et si c'était un piège et que cet homme attendait juste que je m'approche pour me sauter dessus ?

Camille leva les yeux au ciel en rigolant et Ingrid la rabroua.

— Inutile de rire, si tu avais été dans sa situation, tu n'aurais pas fait la fière.

Mouchée, Camille s'arrêta de glousser instantanément. Un léger sourire moqueur passa en coup de vent sur la bouche d'Anita avant qu'elle ne reprenne.

— J'avais peur et je ne savais pas quoi faire. Je ne voulais pas déranger la police pour rien, les pauvres ont déjà tellement de travail pour si peu d'effectif. Alors, j'ai pris mon courage à deux mains et je me suis approchée tout doucement de l'homme. Arrivée à hauteur de sa jambe, je lui ai donné un petit coup de pied pour l'inciter à bouger, mais il était toujours immobile. Je suis remontée près de sa tête et c'est là que j'ai vu.

Elle fit une autre pause pour permettre à ses amies de bien visualiser la scène. Elle se rapprochait du dénouement.

— Leif Holmgren était… mort.

— Comment l'as-tu su ? Tu l'as touché ? demanda Ingrid d'un air dégoûté.

— Son visage était figé, son teint grisâtre et une fine pellicule de givre étincelait sous les rayons de ma frontale. J'ai tout de suite compris qu'il avait succombé à cause des températures glaciales.

— De froid ? Mais je croyais qu'il était décédé à cause de l'alcool ? intervint Eva d'un ton déçu.

Anita se redressa sur sa chaise.

— Les deux enquêteurs qui m'ont interrogée ont pu reconstituer les circonstances du drame grâce à mon témoignage, se targua-t-elle. D'après eux, après être sorti complètement ivre du bar, il a dû vouloir marcher un peu, a trébuché, puis, incapable de se relever, s'est « endormi »… définitivement !

— Quelle mort atroce ! dit Eva en saisissant le bras d'Ingrid.

— Qu'as-tu fait ensuite ?

— Et bien, j'ai appelé la police évidemment ! Ils ont mis quarante-cinq minutes à arriver sur les lieux et m'ont ordonné de demeurer près du corps en attendant, pour que personne ne souille la scène de l'accident. Je peux vous dire que Bounty en avait plus qu'assez de rester sans rien faire. Moi-même, je n'avais pas chaud.

Elle frissonna en y repensant.

— Va-t-il y avoir une enquête ? demanda avidement Eva. C'est excitant, on se croirait dans un des livres du club.

Ingrid lui lança un regard réprobateur, mais elle n'en avait cure, réjouie par son impression de se trouver dans l'un des polars qu'elle affectionnait tant.

Mokkjokk étant une petite ville d'à peine deux mille résidants, perdue dans le nord du pays, il ne s'y passait jamais rien. Les rares délits se composaient de vols à l'étalage ou de resquilleurs à l'entrée du cinéma et étaient perpétrés par des jeunes dans l'âge rebelle. Les habitants, comme tous les Suédois, respectaient les règles et ne voulaient surtout pas déranger. Une vie tranquille dans un village paisible. Il était certain que cette histoire allait faire du bruit.

— Il y a toujours une enquête sur les décès impliquant de l'alcool, déclara Ingrid. Je le sais parce que mon oncle est mort ainsi.

— La police m'a demandé de retracer la soirée d'hier. Je leur ai parlé du concert, ainsi que de l'incident avec Anna et Caisa.

— Mais tu ne l'as même pas vu, intervint Camille en fronçant les sourcils. Tu étais en train de danser, c'est moi qui te l'ai raconté.

— Je le sais bien et c'est exactement ce que je leur ai dit. Ils ont déclaré qu'ils iraient interroger le barman.

Camille avait un mauvais pressentiment qu'elle enraya en attrapant une brioche au safran qu'elle trempa dans son café devenu froid, oubliant les bonnes résolutions qu'elle avait prises durant sa balade. Si Ingrid disait vrai, la police voudrait connaître les moindres détails de l'altercation qu'il y avait eu entre Anna, Caisa et Leif. Or, les derniers mots de son amie à l'égard de la victime étaient clairs : « *Tu vas le regretter* » !

Après deux autres brioches et encore trois cafés, lorsque la conversation sur le décès accidentel de Leif fut épuisée, Camille rentra chez elle pour une sieste bien méritée.

Allongée dans son lit douillet, elle repensa avec enthousiasme au bon moment passé en compagnie d'Ingrid et Eva qui formaient un duo assez cocasse. D'un côté, Eva, la petite brune bien en chair, rigolote et très avenante, et de l'autre, Ingrid, la grande blonde aux yeux bleus, sérieuse et parfois revêche. Elles pourraient jouer dans un film policier, à faire le bon flic et le mauvais flic, et tandis qu'elle s'imaginait ce que cela donnerait, ses yeux se fermèrent doucement.

Ce fut la sonnerie de son téléphone qui la réveilla. Son appartement était plongé dans la pénombre et il lui fallut quelques secondes pour se rappeler où elle était avant d'enfin décrocher.

— C'est Willy, tu peux venir chez Caisa, c'est urgent !

Camille se redressa, les cheveux en bataille. L'angoisse qui transperçait dans la voix du frère de Caisa lui donna un petit coup d'adrénaline et elle se prépara en quatrième vitesse juste après avoir raccroché.

Son amie habitait dans le quartier same de Mokkjokk. Les maisons étaient plus modestes que dans les autres parties de la ville et l'on pouvait voir quelques rennes parqués dans des enclos derrière plusieurs résidences. Les Sames éleveurs de rennes passaient l'hiver dans la forêt, à la recherche des animaux en mauvaise santé ou affamés, afin de les ramener chez eux et de les remettre en forme.

Des gyrophares bleus éclairaient les murs rouges des maisons du quartier et deux voitures de police étaient garées devant chez Caisa. Sa porte d'entrée était grande ouverte.

Camille préféra s'arrêter en bout de rue pour s'approcher à pied. Plusieurs badauds s'étaient rassemblés derrière les véhicules de police et Willy, le frère de Caisa, attendait dans le jardin, droit comme un I, les bras croisés sur son torse. Une sourde angoisse étreignait de plus en plus fort la gorge de Camille au fur et à mesure qu'elle approchait. Quand Willy l'aperçut, il se précipita vers elle et sans un mot, l'entraîna un peu plus loin, à l'écart des oreilles indiscrètes. C'était un homme d'une quarantaine d'années à l'allure trapue et à la barbe fournie. Un éclat de malice luisait habituellement dans son regard, aujourd'hui remplacé par une peur profonde.

— Il est arrivé quelque chose à Caisa ? demanda-t-elle anxieusement.

— Que s'est-il passé hier soir avec Leif Holmgren ? répliqua Willy sur un ton pressant.

— C'est à cause de ça que la police est là ?

— Camille, s'il te plaît, c'est important.

Elle ferma les yeux afin de se remémorer la scène dans ses moindres détails et lorsqu'elle prononça les derniers mots de Caisa pour Leif Holmgren, Willy jura avec désespoir.

— Vas-tu enfin me dire ce qu'il se passe ?! s'impatienta Camille. Pourquoi la police est-elle là ?

— Ils sont en train de fouiller la maison. Apparemment, Leif Holmgren ne serait pas décédé accidentellement, ils penchent pour un empoisonnement.

— Quoi ?! Mais c'est ridicule, il était complètement saoul ! Je peux en attester si besoin.

— Les analyses ont révélé que Leif avait ingurgité très peu d'alcool, pas assez, en tout cas, pour justifier son état. Ils ont interrogé plusieurs témoins de la soirée et leurs soupçons sont braqués sur Caisa ! Tout le monde est au courant de nos différends avec la scierie et après la scène d'hier soir…

C'était forcément un cauchemar ! La police ne pouvait pas sérieusement penser que Caisa avait intoxiqué le patron de la scierie ?! se dit Camille. Mais au bout de quelques minutes, voyant que l'annonce du canular ne venait pas, elle posa une main déterminée sur le bras de Willy qui tournait comme un lion en cage. Elle n'avait pas l'intention de le laisser tomber, ni lui ni Caisa.

Quand elle avait campé à la ZAD avec Ian et les chiens, les forestiers avaient tenté d'empoisonner la meute pour faire peur au groupe et les inciter à partir. Caisa avait été la première à les aider, en organisant des rondes et des gardes non-stop autour de leurs animaux. Elle avait aussi organisé des obsèques dignes d'un roi pour les deux pauvres bêtes qui avaient ingéré la toxine et en étaient mortes. Camille avait pleuré toutes les larmes de son corps et avait déprimé pendant plusieurs semaines, ne réussissant pas à accepter la bassesse et la perversion de l'être humain. Mais là encore, Caisa l'avait épaulée pour remonter la pente, petit à petit, en lui montrant les bons côtés de l'homme et le bien qu'il parvenait à faire autour de lui. Elle lui avait insufflé un peu de son espoir et de son envie d'améliorer le monde.

— Qu'est-ce que je peux faire pour vous aider ? Tu sais que je ne vous laisserai pas tomber.

Willy la prit dans ses bras en éclatant en sanglots. C'était un peu bizarre de voir ce grand homme, si fort et si solide, s'effondrer sur son épaule. Elle lui tapota doucement l'épaule.

— Ça va aller, Willy, ne t'inquiète pas. La police ne pourra pas incriminer Caisa, ils n'ont rien contre elle, si ce n'est une menace après une dispute. Tout le monde s'emporte quand il est en colère, ça ne peut en aucun cas constituer une preuve de meurtre !

— J'espère que tu as raison, mais en attendant, ma petite sœur va devoir passer la nuit en prison.

Il s'essuya les yeux et s'étira le cou.

— Je ferais mieux d'y retourner. Je te tiens au courant.

Camille acquiesça et pressa son bras une dernière fois avant de le laisser partir.

Chapitre 5

Camille arriva au salon de thé, les yeux cernés et le teint pâle. Elle avait mal dormi et s'était réveillée plusieurs fois en sursaut à cause de cauchemars où Leif ressuscitait soudainement pour la tuer.

Heureusement, le salon venait à peine d'ouvrir et était encore vide. Ne commençant pas avant une heure, elle avait le temps de se remettre de sa nuit devant un bon café. Elle salua Anita qui était d'une humeur fort joyeuse, prête à raconter à qui voulait l'entendre son aventure de la veille. Mais en découvrant le visage déconfit de Camille, son sourire s'effaça.

— Ça ne va pas, ma chérie ?

— Caisa s'est fait arrêter par la police. Il la soupçonne d'avoir tué Leif.

—… tué Leif… mais, comment ça ? Il a été assassiné ?!

Camille se mordit les lèvres devant son erreur. Hormis la famille de Caisa, elle devait probablement être la seule au courant, mais maintenant que la bombe était lâchée, elle n'avait pas d'autre choix que de dire la vérité à Anita.

— Personne ne doit savoir pour l'instant, chuchota-t-elle en vérifiant qu'aucun client ne passait la porte. Je ne pense pas que Caisa voudrait que tout le monde la prenne pour une criminelle.

Son amie acquiesça, l'air soudain grave et Camille lui relata les propos de Willy. Sous le choc, Anita alla s'asseoir sur une chaise.

— Assassiné ! Eva avait raison, il y a bien un meurtrier à Mokkjokk.

— Peut-être, mais ce n'est certainement pas Caisa ! affirma Camille en fixant Anita pour qu'elle approuve également.

— On ne sait jamais de quoi les gens sont capables. Et puis Caisa est la coupable idéale, surtout aux yeux de la commune.

Camille fronça les sourcils.

— Qu'est-ce que tu veux dire ? Tu crois que c'est elle qui a tué Leif ?!

Sa voix était montée dans les aigus, plus agressive qu'elle ne l'aurait souhaité, mais elle ne pouvait supporter qu'on accuse son amie. Anita se leva et se planta devant Camille, les yeux dans les yeux.

— Ce n'est pas du tout ce que j'ai dit et ne me parle pas comme ça ! Je t'énonce simplement un fait indiscutable. Caisa est une activiste qui se bat contre la déforestation, les mines, les barrages, bref tout ce qui rapporte des sous à l'État. Cet été, elle a jeté du sang de rennes sur la façade de la mairie, en novembre elle a bloqué la circulation en faisant un sit-in avec cinquante personnes et Grina Vonberg. Elle essaie par tous les moyens de mettre des bâtons dans les roues aux agissements de la ville, alors la faire arrêter pour meurtre, c'est idéal. Ça l'empêche d'intervenir et ça la décrédibilise auprès de la population.

Outrée, Camille croisa les bras sur sa poitrine d'un air revêche.

— Elle fait tout ça pour défendre les droits bafoués des Sames ! Si ça continue, son peuple sera parqué dans des réserves, comme en Amérique, ou pire, il disparaîtra. Il faudra aller dans des musées pour découvrir leur existence.

Anita posa une main attendrie sur la joue de Camille. S'il avait survécu, son fils aurait vingt-huit ans cette année et elle l'imaginait facilement devenir ami avec elle. Lui aussi aurait sans doute été prompt à défendre ses idées. Une lueur fugace de tristesse passa dans son regard.

— Je ne suis pas en train de dire qu'elle a tort, je t'explique juste que les soupçons vont évidemment se tourner en premier lieu vers une activiste dérangeante au casier judiciaire fourni. Mais rassure-toi, la police va probablement vite se rendre compte de son erreur.

Camille poussa un soupir repentant. Elle détestait les injustices, elle-même en ayant subi un certain nombre. Durant sa scolarité, elle était souvent le bouc émissaire des élèves et avait même subi du harcèlement de la part d'un de ses professeurs particulièrement antipathique aux militaires. À l'école de commerce, Camille avait pris la défense d'une première année lorsque ses camarades avaient tenté de la faire boire jusqu'à vomir pendant la journée « d'intégration ». Cette intervention lui avait valu d'être mise à écart pendant le reste de son parcours supérieur. Personne ne voulait travailler avec elle et elle se retrouvait souvent à faire les présentations de groupe toute seule. Les enseignants ne s'en offusquaient pas, encourageant la compétitivité. À force de subir des brimades, Camille avait développé un attachement profond pour l'équité.

Elle se mit au travail pour occuper son esprit, sous le regard compatissant d'Anita et l'aida à la préparation des tartines et pâtisseries, en attendant l'affluence.

Le flot de clients affamés débuta vers 11 h. Les Suédois commençant le travail beaucoup plus tôt que les Français, ils avaient l'habitude de manger de bonne heure et les deux femmes n'eurent plus l'occasion de rediscuter du meurtre.

Deux heures plus tard, lorsque le coup de feu du déjeuner se calma enfin, Camille en profita pour vérifier son téléphone. Elle avait trois appels en absence et plusieurs messages vocaux.

« Camille, c'est Willy ! Il faut absolument que je te parle, les choses ne se passent pas bien du tout pour Caisa ! Viens dès que tu pourras. »

Elle eut la sensation qu'une lourde brique tombait dans son estomac. Elle ressortit en catastrophe et après s'être assurée que la majorité des clients étaient partis, elle demanda à Anita la permission de finir plus tôt. La situation était urgente et ne pouvait attendre.

Elle retrouva Willy directement chez lui, la première maison à gauche de celle de sa sœur. À l'intérieur régnait un joyeux bazar, bien loin des préoccupations familiales. Ses deux garçons se pavanaient fièrement sur les photos accrochées aux murs et le sol était jonché de jouets en tout genre, une ambiance chaleureuse faite de vie et d'amour.

Camille était cependant soulagée que les deux petits monstres ne soient pas là, car elle n'aimait pas vraiment les enfants en général, un intense malaise l'envahissant chaque fois qu'elle se retrouvait à leur contact. Elle ne savait pas vraiment comment leur parler et était complètement désarmée face à leur extrême sincérité. Pour elle, les gamins étaient des êtres courts sur pattes, insupportables, bruyants et baveux. L'instinct maternel l'avait épargnée, au grand désarroi de sa mère qui rêvait de petits-enfants à cajoler.

Quand elle entendit Willy renifler, Camille reporta son attention sur lui. De gros cernes violets bordaient le dessous de ses yeux et des rides soucieuses chiffonnaient son visage.

— Un avocat lui a été commis d'office. Ils refusent de la laisser partir pour le moment.

Camille lui prit les mains.

— « Pour le moment », ça ne veut pas dire qu'elle est déclarée coupable.

— L'avocat dit que la défense pourrait poser problème. Apparemment, ils ont mis en lumière beaucoup d'éléments contre elle.

Elle garda le silence pour l'encourager à continuer.

— Ils ont fouillé les locaux de l'association de protection des droits sames et ont trouvé les refus de soutien de la commune, articula-t-il la gorge serrée. Ils ont aussi découvert la prochaine action que Caisa a planifiée pour le jour de la Sainte-Lucie.

Camille l'interrogea du regard, ne comprenant pas en quoi une future opération militante pouvait jouer dans la balance. Elle n'avait tout de même pas organisé un attentat ?!

— Elle avait prévu de défiler en Sainte-Lucie, à moitié nue et couverte de sang, pendant que ses suivantes tireraient un renne mort derrière elles en chantant « *Du sang pour les assassins, la lumière va s'éteindre* ».

L'image était forte et il était certain qu'une telle action aurait choqué la population et attiré les médias. Sainte-Lucie était une fête très importante pour les Suédois. Célébrée le 13 décembre, cette fête chrétienne glorifiait la clarté face aux ténèbres, le bien contre le mal. Dans tout le pays, des milliers de petites Sainte-Lucie défilaient à cette date, une couronne ornée de quatre bougies sur la tête, en chantant la traditionnelle chanson « Sankta Lucia ».

— D'accord, mais ce n'est qu'un plan d'action, comment peuvent-ils le considérer comme une preuve ? demanda Camille qui ne comprenait toujours pas.

Willy souffla impatiemment.

— Tout ce qu'ils voient, c'est que Caisa détestait Leif. Elle l'a menacé la veille de sa mort et a passé la nuit toute seule chez elle. En plus, elle a déjà intenté des actes contre lui. Le mobile est tout trouvé ! Leif s'apprêtait à couper des milliers d'hectares sur nos terres migratoires. Ç'aurait été la fin de notre troupeau. Et puis, qui mieux que Caisa incarne la coupable idéale ? Elle a un casier !

Ces paroles rappelèrent à Camille celles d'Anita et le désespoir la gagna.

— On ne va quand même pas la laisser se faire accuser à tort !

Willy releva la tête et une lueur maligne éclaira ses yeux.

— Justement, j'espérais que tu dises ça, annonça-t-il en prenant une grande inspiration. Je voudrais que tu enquêtes de ton côté pour essayer de trouver le véritable tueur.

Camille ne put réprimer un sourire.

— Et comment imagines-tu que je fasse ça ? Je ne connais pratiquement personne ici, pourquoi les gens me parleraient-ils ? Ne penses-tu pas que la police va examiner toutes les pistes ?

— Bien sûr que non ! objecta Willy d'un ton impatient. Les deux inspecteurs chargés de l'enquête détestent les Sames ! Ils ont grandi dans le nord du pays et là-bas, c'est la guerre entre les mines et nous. Pas un blanc qui vient de cette région n'est de notre côté. Je t'en supplie, Camille, dit-il en s'accroupissant près d'elle et en lui prenant doucement les mains, je ne peux demander ça à personne d'autre que toi. Tu es la seule en qui j'ai confiance…

— Et les autres Sames de ton clan ?

— On est tous plus ou moins surveillés. Tu sais, c'est une petite communauté ici et quand tout le monde apprendra que Leif s'est fait tuer présumément par un Same, la moitié de la ville va nous tomber dessus. Malheureusement, beaucoup de gens ne nous soutiennent pas.

Évidemment Camille voulait aider Caisa, mais elle se demandait comment elle, une Française arrivée il y a trois semaines, allait pouvoir trouver un assassin. Une légère angoisse se faufila dans sa poitrine, mais le visage de Willy, ravagé par le désespoir, balaya ses états d'âme. Elle ferait ce qu'il faudrait pour sortir son amie de là.

— Par où je commence ?

Chapitre 6

Assise dans sa voiture garée sur le parking d'un petit immeuble de deux étages, Camille fixait la façade, hésitante sur la meilleure façon de procéder.

Quand elle avait quitté Willy, tout lui semblait clair comme de l'eau de roche, mais à présent qu'elle se retrouvait toute seule, elle était emplie de doutes. Allait-elle y arriver ?

Willy lui avait révélé une bombe : sa sœur entretenait en secret une relation passionnelle avec Anna Holmgren ! Il l'avait découvert par hasard, en venant emprunter de la farine à sa sœur. Il était passé par le jardin et avait aperçu Anna et Caisa par la fenêtre, enlacées sur le canapé. Alors, discrètement, il était reparti et n'en avait jamais parlé à qui que ce soit, pas même à l'intéressée. Si Caisa préférait garder sa relation secrète, il n'avait rien à y redire… enfin ça, c'était avant le meurtre de Leif Holmgren !

Anna détenait certainement des informations sur son frère qui pourraient contribuer à démasquer le vrai coupable et sa relation avec Caisa pouvait être un levier pour débloquer sa parole.

— Surtout, fais attention à toi et n'aie confiance en personne. On ne sait jamais de quoi les gens sont capables, avait ajouté Willy avant qu'elle ne s'en aille.

Déterminée, Camille avait conduit directement chez Anna, en suivant les indications de Willy. Elle habitait au 3B, dans la résidence des Trois Ours, au nord de la ville. Mais maintenant qu'elle se trouvait face à l'immeuble, elle était prise d'affreux doutes. Qu'allait-elle bien pouvoir dire à Anna ? Elle n'avait rencontré cette femme que très brièvement lors du concert et peut-être une fois au salon de thé. Elle inspira profondément, puis décida que le mieux était de foncer dans le tas. Après tout, elle avait survécu à une école de commerce !

Le 3B se situait au rez-de-chaussée. Elle poussa les portes transparentes de l'entrée de l'immeuble et pénétra à l'intérieur du bâtiment, la boule au ventre. Arrivée devant l'appartement, dans un petit couloir où se trouvaient trois autres habitations, elle se passa nerveusement la main dans les cheveux, puis sonna. En moins d'une minute, la porte s'ouvrit sur le visage aux traits tirés d'Anna. Camille se sentait vraiment gênée de la déranger alors qu'elle venait de perdre son frère, mais la fin justifiait les moyens, se dit-elle en affichant une expression compatissante.

— Je ne sais pas si vous me reconnaissez, je suis l'employée d'Anita, elle nous a présentées au concert samedi soir.

— Oui, bien sûr, je me souviens, répondit poliment son interlocutrice d'un ton mélancolique.

Camille ne put s'empêcher de remarquer qu'Anna ne ressemblait pas du tout à son frère. Lui avait un air morne et des traits rustres, tandis qu'elle avait le profil délicat, un petit nez en trompette et de beaux yeux bleus. La tristesse lui allait étrangement bien.

— Je suis désolée de vous importuner, je souhaitais seulement vous présenter mes condoléances pour ce qui est arrivé à votre frère.

Des larmes montèrent aux yeux d'Anna, bien qu'un sourire forçé étirait vaillamment ses lèvres. Un silence gêné s'installa, mais Camille ne voulait surtout pas partir avant d'avoir obtenu des informations.

— Je suis un peu honteuse de vous demander cela, mais je reviens tout juste d'une balade à la colline du Grand Garçon et j'ai vraiment besoin de passer aux toilettes. Ça vous ennuie si j'utilise les vôtres ? Je n'en ai pas pour longtemps.

Les Suédois étant tous très polis, il y avait peu de chance pour qu'Anna refuse pareille requête. Sans surprise, celle-ci s'écarta de la porte pour la laisser entrer, en lui indiquant la direction de la salle de bain.

Les joues en feu, Camille verrouilla rapidement la porte et son regard fut attiré par l'étonnante décoration des lieux d'aisance. Un grand tableau était accroché au mur latéral. Il représentait une nymphe aux formes fluides, dansant dans la nuit. De ses mains émanaient des lueurs vertes, bleues et violettes qui ondulaient à la manière des aurores boréales. Tout en bas, à droite, le nom *Dorotea* était inscrit. Une œuvre particulièrement apaisante. Elle prit plusieurs inspirations pour calmer les battements de son cœur. *Respire, tu vas y arriver, respire.*

Quand elle revint dans le salon, Anna l'attendait patiemment, debout près du canapé. Aucune odeur de café ne flottait dans l'air, lui signifiant clairement qu'elle n'était pas la bienvenue.

Les Suédois avaient coutume de toujours offrir un café à leurs visiteurs, quelle que soit l'heure ou la saison et il était mal vu de refuser. Qu'Anna n'ait rien préparé était un signe incontestable qu'elle voulait que l'intruse s'en aille… mais Camille n'avait pas dit son dernier mot ! Elle se dirigea lentement vers la porte et repéra une magnifique toque pendue dans l'entrée. Un sujet de conversation idéal !

— C'est incroyable, dit-elle en caressant la fourrure bleu nuit d'une douceur délicate. Jamais je n'ai vu un chapeau aussi joli. Où l'avez-vous acheté ?

Un nouveau sourire, plus chaleureux cette fois, illumina le visage d'Anna. Elle s'approcha et l'effleura.

— J'y tiens beaucoup, c'est un cadeau de ma mère. Il vient de Russie et c'est de la peau de renard. C'est incroyablement chaud.

— J'imagine. J'en aurai bien besoin, moi qui ai toujours froid. Vous devez avoir fière allure avec cette toque, elle est très classe, lança Camille en espérant ne pas en faire trop.

Son plan était de brosser son hôte dans le sens du poil, afin qu'elle se détende et l'invite à rester pour boire un café.

— Merci. Ce n'est pourtant pas ce que mon frère disait, reprit-elle en retrouvant une mine triste. D'après lui, ça ne m'allait pas du tout.

— Vous n'aviez pas l'air de bien vous entendre, glissa Camille en sautant sur l'occasion d'aborder le sujet.

Malheureusement, cette remarque sembla réveiller Anna qui la remercia gentiment d'être passée et la mit, fermement, mais délicatement, dehors. Avant même de s'en rendre compte, Camille se retrouva sur le palier sans avoir appris la moindre chose intéressante, hormis que cette femme possédait un très joli chapeau auquel elle tenait beaucoup. Abattue, elle retourna d'un pas traînant vers sa voiture. Innocenter Caisa n'allait pas être facile !

Au Fika d'Anita était encore ouvert quand elle arriva devant la porte de son immeuble. Anita était dans la cuisine en train de préparer une commande. Quatre touristes attendaient patiemment à l'une des tables colorées en discutant avec entrain. La neige avait cessé de tomber, mais les nuages empêchaient de distinguer la moindre étoile dans la nuit polaire et seul le salon éclairait l'obscurité.

Camille resta quelques secondes à regarder par la fenêtre. Les décorations de Noël s'accordaient à merveille avec le style cosy et coloré. Les quatre amis riaient et se poussaient gentiment alors qu'Anita leur apportait des brioches et des chocolats chauds. C'était tellement cliché que cette scène aurait pu se retrouver dans un film de Noël ! pensa-t-elle en souriant. Elle trouverait ce meurtrier ! Non seulement pour innocenter Caisa, mais aussi pour préserver ce qu'elle avait sous les yeux : cette parfaite harmonie, simplicité et joie qui régnait dans ce village dont elle faisait maintenant partie.

Elle monta deux à deux les marches de l'escalier qui menait à son appartement, ouvrit la porte et se jeta sur son ordinateur sans même prendre le temps d'enlever ses chaussures. Ses doigts pianotaient impatiemment sur la table en attendant que sa vieille machine s'allume. Quand ce fut enfin fait, elle tapa à toute allure dans le moteur de recherche : comment résoudre un crime ?

Il était de notoriété publique que l'on pouvait tout trouver sur Internet, aussi, parmi les milliers de blogs et sites web du monde, elle espérait dénicher une technique efficace… et elle ne fut pas déçue ! Des dizaines de résultats s'affichèrent sur son écran.

Une heure plus tard, thé en main et chaussures rangées dans l'entrée, Camille regardait fièrement ses notes. En combinant plusieurs sources, elle avait dressé une liste des choses à faire et des questions à se poser pour résoudre un crime… certes, sa méthode se basait principalement sur celle du célèbre Sherlock Holmes, mais après tout, bien que fictif, cet enquêteur hors pair venait toujours à bout de ses enquêtes de façon brillante !

QUESTIONS

1. Quand a été vue la victime pour la dernière fois et qui était là ?
2. Qui a un intérêt dans le meurtre ? Qui en profite ?
3. Qui a un mobile ?

4. Qui a un alibi ?

MÉTHODOLOGIE

5. Prendre des notes et faire une carte des évènements.
6. Faire des déductions logiques et ne pas avoir de préjugés.
7. Collecter le plus de données possible afin de faire des déductions.
8. Interroger les gens.
9. Pas d'émotions personnelles dans le processus de déduction.
10. Avoir un œil extérieur.

Si Camille ne pouvait pas répondre à toutes les questions, elle avait au moins l'explication à la première et elle alla sans attendre chercher le joli petit calepin vierge qu'elle avait tout le temps dans son sac. Elle l'inaugura en inscrivant sur la première page d'une écriture soignée : CARNET D'ENQUÊTE. Puis, au verso, elle nota l'interrogation numéro un : *quand la victime a-t-elle été vue pour la dernière fois et qui était là ?* Au concert, tout le village était présent, mais ce genre de réflexion n'aiderait certainement pas. Consciencieusement, elle fit la liste des personnes qui lui semblaient importantes : Anna et Caisa, elle-même, Mattias (un serveur sait toujours ce qui se passe dans son bistrot), Leif.

Le mort avait-il une femme ? Était-elle sur les lieux ? Il faudrait qu'elle sollicite les connaissances d'Anita. Elle irait aussi voir Mattias pour lui poser des questions. De petits papillons se manifestèrent dans son ventre à cette idée et là, elle se rappela soudain son échange avec le barman juste après l'altercation : il lui avait demandé si elle allait bien. Cela signifiait qu'il l'avait remarquée ! Un sourire benêt s'afficha sur son visage pendant qu'elle s'imaginait arriver au comptoir, telle une détective sexy, pour sonder Mattias qui la dévorerait du regard.

La sonnerie de son téléphone interrompit sa rêverie, Willy voulait savoir si elle avait trouvé quelque chose d'intéressant. La déception dans sa voix fut rude pour Camille et elle sentit la pression appesantir ses épaules. Il n'y avait pas une minute à perdre, il fallait commencer les interrogatoires ! Sa première victime serait Anita.

Chapitre 7

Camille frappa à la vitrine du salon de thé pour ne pas effrayer Anita occupée à faire le ménage.

— Salut ma chérie. Alors, cette urgence ?

— C'était le frère de Caisa, mais rien de nouveau pour l'instant. La police la détient toujours et ne compte pas la laisser partir. Apparemment, ils lui ont attribué un avocat commis d'office qui n'est pas très optimiste sur sa situation.

Elle ne souhaitait surtout pas révéler à Anita qu'elle était chargée de mener une enquête parallèle. Willy ne voulait pas que cela s'ébruite, car si l'information arrivait aux oreilles de la gendarmerie, cela n'arrangerait pas le cas de sa sœur. Même si au cours des trois dernières semaines, sa patronne était devenue une amie, Camille n'était pas encore sûre qu'elle sache garder un secret.

— J'étais toute seule chez moi et je me posais une drôle de question, enchaîna-t-elle. Leif avait-il une épouse ?

— Oui, répondit Anita en fronçant les sourcils et en plaçant les mains sur ses hanches. Birgitta Holmgren.

— Est-elle déjà venue au salon ? Ce nom ne me dit rien.

— Elle n'a jamais mis les pieds ici. Ce n'est pas une femme très sympathique, pour tout t'avouer. Hautaine, snob, quand elle va faire ses courses, elle regarde tout le monde avec mépris et parle toujours sèchement à la caissière. Je peux même te dire qu'Ingrid a une dent contre elle.

La grande blonde travaillait au supermarché de Mokkjokk, Camille l'y croisait souvent.

— Une fois, Mme Holmgren a fait un scandale parce qu'Ingrid avait malencontreusement laissé tomber un pot de sauce tomate à côté d'elle et que ses chaussures avaient été éclaboussées ! Tu parles d'une histoire. Le directeur du magasin a été obligé de fournir à cette pimbêche une grosse somme en bons d'achat, car l'avocat de la famille menaçait de leur intenter un procès !

— Qui se ressemble s'assemble ! Son mari n'avait pas l'air d'être un drôle non plus, ajouta Camille en grimaçant. Donc j'imagine qu'elle n'était pas au concert ?

— Non. Pourquoi me demandes-tu ça ? Qu'est-ce que tu trafiques ?

Camille agita la main pour balayer la question et orienta habilement la conversation en mentionnant son échange de la veille avec Mattias.

— Je vais au *Krog* prendre un verre.

— Toute seule ?

Camille se dirigea vers la porte et juste avant de la fermer, expliqua avec un clin d'œil malicieux qu'elle jouera la fille timide pour « *ferrer le poisson* ».

Au bistrot, elle se déshabilla dans l'entrée et s'aperçut à son grand désarroi qu'elle était partie sans même se changer, en tenue de ski, sans maquillage et pas coiffée. Elle ôta son bonnet et sous l'effet de l'électricité statique, ses cheveux se dressèrent sur sa tête sans qu'elle le remarquât.

Elle traversa ainsi la salle jusqu'au comptoir, d'un pas décidé, sous le regard amusé des quelques clients. Ils la prenaient probablement pour une touriste avec cette dégaine, pensa-t-elle en tentant de rassembler un peu de confiance. Elle prit place sur l'une des chaises hautes en affichant un air concentré, toujours inconsciente de la catastrophe capillaire sur sa tête et nota dans son carnet ce qu'elle avait appris sur Birgitta.

Lorsque Mattias s'approcha d'elle, un sourire moqueur étirait ses lèvres, bien qu'il ne fit aucun commentaire. Camille releva le visage comme si elle ne l'avait pas remarqué avant.

— Qu'est-ce que tu bois ? demanda-t-il en fronçant les sourcils, le regard rivé sur son crâne.

— Un cidre s'il te plaît.

Elle tenta d'engager la discussion en minaudant un peu, mais c'était peine perdue, Mattias continuait de la regarder avec gouaille. Avait-elle un bout de salade entre les dents ? Impossible de vérifier maintenant, il était en train de la servir, le moment était idéal pour l'interroger.

— Sacrée histoire avec Leif Holmgren.

Elle se maudit intérieurement ! Qui, à notre époque, commençait une conversation par « *sacrée histoire* » ?! Mais il ne parut pas s'en offusquer, bien au contraire. Il pencha la tête vers elle.

— Ouais, la police est venue me questionner ce matin, raconta-t-il fièrement.

Ce meurtre était décidément l'évènement le plus excitant de l'année dans cette ville ! pensa Camille. Tous les habitants désiraient y prendre part.

— Que voulaient-ils savoir ?

— Connaître le déroulement de la soirée et ce qu'il s'est passé avec Caisa et Anna. Des clients m'ont dit que Leif n'était pas mort à cause de l'alcool, mais qu'il a été assassiné. Il paraîtrait même que c'est Caisa la coupable…

— N'importe quoi, je la connais depuis longtemps et elle ne ferait jamais ça ! s'offusqua Camille.

Mattias haussa les épaules et elle le trouva tout à coup beaucoup moins sympathique. Relayer de fausses rumeurs sur les gens était abject et pouvait détruire des vies ! Cependant, elle avait encore besoin de lui pour le moment.

— As-tu remarqué des choses bizarres pendant le concert ? Je veux dire, autre que cette altercation ?

— Je ne crois pas, rien de plus que les habituelles frictions entre personnes ivres. J'étais très occupé, lança-t-il avec humeur.

Elle devait la jouer fine.

— Oui, j'ai vu, tu n'arrêtais pas de courir, dit-elle en affichant un sourire cajoleur. Quel boulot, ça a dû être pour toi ! Et Leif, tu le connaissais bien ?

— Il venait régulièrement le soir après le travail, déclara-t-il en jetant un énième regard sur la coiffure de Camille. Il picolait pas mal.

Elle se retint de passer une main dans ses cheveux pour vérifier que tout allait bien, préférant paraître détendue et cool, d'autant plus que la discussion commençait à être intéressante.

— Tu veux dire qu'il était alcoolique ?

— Disons qu'il aimait bien boire. Les nuits sont longues en hiver et les étés sont courts. L'ivresse aide à supporter le climat rude.

Quel cliché, pensa Camille en se forçant à ne pas lever les yeux au ciel. Cette phrase semblait tout droit sortie d'un mauvais film américain. Décidément, Mattias n'était pas vraiment à la hauteur de ce qu'elle espérait.

— Parle-moi d'Anna, sa sœur. S'entendaient-ils bien ?

— Anna ne vient pas souvent, seulement pour les évènements tels que le concert. En général, elle évite son frère, répondit-il en levant un sourcil. Comme ça, tu es détective privée ?

Elle rougit violemment.

— Non, je… j'ai simplement été choquée par la dispute de samedi et j'essaie de comprendre la nature de leur relation. Je suis fille unique et j'ai toujours rêvé d'avoir un frère ou une sœur, alors je me demande comment on peut en arriver à se détester autant.

Mattias éclata de rire.

— J'aimerais que mes enfants t'entendent. Ils n'arrêtent pas de se chamailler pour un oui ou pour un non. Je crois qu'ils préféreraient largement être seuls pour ne pas avoir à se supporter.

Camille avala de travers et en cracha presque son cidre sur le comptoir.

— Tu as des gamins ?! parvint-elle à articuler après avoir retrouvé son souffle.

— Heu... oui ! Mais ils habitent avec leur mère en Espagne. Et toi ?

— Surtout pas, je n'ai pas la fibre maternelle !

— Tu verras, tes hormones ne te laisseront pas le choix, répliqua-t-il en souriant. Au fait, tu as... enfin l'électricité statique...

Il fit un geste au-dessus de son crâne pour mimer une explosion. Penaude, elle tenta vainement de s'aplatir les cheveux, mais plus elle les touchait, plus ils se redressaient, provoquant l'hilarité de Mattias, ainsi que celle des clients. Vexée, Camille releva la tête d'un air respectable et rassembla ce qui lui restait de dignité avant de s'en aller.

Quelle horreur, ce type ! songea-t-elle une fois dehors. Elle qui fantasmait sur lui, elle s'était pris une belle claque. Et pourquoi tout le monde pensait-il savoir mieux qu'elle ce que son utérus voulait ou non ?! Les enfants, ça n'était pas fait pour elle, jamais ça ne changerait !

Énervée, elle décida qu'elle en avait assez fait pour aujourd'hui. Elle avait envie d'un bon bain chaud et d'une tisane.

Chapitre 8

Avant d'aller au salon de thé pour prendre son service, Camille passa au supermarché acheter quelques fournitures. Il faisait nuit noire dehors et le froid la saisit à la gorge, mais les lumières de Noël et la chaleur du magasin lui mirent du baume au cœur. Elle croisa Ingrid qui rangeait des paquets de pâtes en rayon et en profita pour en savoir plus sur l'altercation qu'elle avait eue avec Mme Holmgren. Comme le disait Sherlock Holmes, toute information était bonne à prendre. La blonde quadragénaire grimaça lorsqu'elle évoqua la scène.

— Cette histoire me reste en travers de la gorge. Heureusement que le patron n'apprécie pas non plus cette peau de vache, sinon j'aurais très bien pu me faire virer !

— C'est ridicule, on ne peut pas licencier quelqu'un à cause d'une maladresse.

— Ça se voit que tu ne connais pas son avocat ! Un vrai requin ! À l'entendre, j'aurais volontairement jeté un pot de sauce sur cette garce. C'est une chance qu'on avait des caméras de surveillance. Je peux te dire que depuis, je me tiens loin d'elle quand elle débarque au supermarché !

Mme Holmgren n'était pas appréciée dans le village et elle réglait ses différends grâce à son avocat. Un homme très dévoué…

— Tu as déjà rencontré son avocat ?

— Non, mon patron recevait seulement ses lettres recommandées.

— Il exerce à Mokkjokk ?

— Non, à Leluo. Pourquoi ? Tu as besoin d'une aide juridique ?

Camille répondit par la négative, remercia Ingrid, puis finit ses achats. Une idée saugrenue lui était venue, qu'elle nota rapidement dans son carnet.

De retour chez elle, elle installa sur une chaise un grand panneau en liège et y épingla tout en haut un papier sur lequel était inscrit : SUSPECTS.

Sherlock Holmes préconisait de faire des déductions logiques, de récolter un maximum de données et surtout de garder un œil neutre sur la situation. Camille trouvait qu'un tableau était l'idéal pour y parvenir. Chaque jour, elle y noterait ce qu'elle avait appris, en espérant que la solution apparaîtrait d'elle-même.

En attendant, elle avait prévu d'aller faire un tour à la scierie de Leif après son travail au salon de thé. L'argent et l'héritage ne figuraient-ils pas parmi les motifs de meurtre les plus courants ? Cela valait le coup de vérifier et peut-être trouverait-elle des réponses là-bas.

Quand elle pénétra dans le salon de thé, Anita lui lança un regard sans équivoque. Elle voulait tout savoir de la soirée d'hier. Camille fit la moue. Elle s'était clairement trompée sur Mattias et ils n'étaient pas faits pour être ensemble !

— Ah bon ? Mais que s'est-il passé, tu avais l'air tellement sûre de toi ?

— Il a des enfants, répliqua Camille, comme si ce simple fait impliquait tous les défauts de la terre.

Les deux amies n'avaient encore jamais abordé le sujet et la curiosité d'Anita était trop forte pour résister. Elle adorait connaître les petits secrets de tout le monde.

— Tu ne chéris pas les bambins qui accaparent ton temps et ton argent ? demanda-t-elle sur le ton de la plaisanterie.

Camille n'eut pas besoin de répondre, son expression en disait assez long.

— Et toi ? répliqua-t-elle.

Elle ne savait pas grand-chose de la vie privée d'Anita, et si celle-ci aimait fouiner, elle ne parlait presque jamais d'elle.

— J'ai eu un fils, mais il est décédé il y a quinze ans, regretta-t-elle, une ombre triste obscurcissant son visage. Accident de motoneige.

Ne s'attendant pas du tout à cette réponse, Camille se sentit tout à coup très mal à l'aise et s'excusa d'avoir abordé ce sujet.

— Ce n'est rien, ma chérie, tu ne pouvais pas savoir. C'était il y a tellement longtemps.

— Et le père, où est-il ? demanda-t-elle sans pouvoir s'en empêcher.

— On s'est séparés peu de temps après le drame. Une épreuve pareille renforce un couple ou le brise.

Une curiosité malsaine titillait Camille et elle aurait voulu poser d'autres questions, mais fort heureusement, des clients interrompirent leur conversation. La curiosité était un vilain défaut, sa mère le lui avait répété des millions de fois ! Lorsqu'elle était plus jeune, Camille envisageait d'être psychologue, afin de pouvoir récolter les confidences des gens. Elle jouait souvent à faire une consultation imaginaire avec son ours en peluche qu'elle ne quittait jamais. Mais bien évidemment, son père trouvait cette idée stupide et *cette lubie*, comme il l'appelait, lui passa. Elle conservait tout de même une certaine tendance à l'indiscrétion lorsque l'occasion se présentait.

Pendant que les deux amies s'activaient pour satisfaire les visiteurs affamés, le soleil eut tout le loisir de se lever et de se recoucher. Une incroyable teinte violine semblait alors flotter dans l'air, et après trois heures d'un ballet effréné, la nuit était revenue envelopper les immeubles. Ce fut donc tous phares allumés que Camille conduisit jusqu'à la scierie après son service.

De nombreux troncs étaient entassés de chaque côté de la route menant au bâtiment principal, en énormes piles alignées les unes derrière les autres et Camille pria pour que les grumes ne s'effondrent pas sur elle ! Ma Volvo ne résisterait pas ! pensa-t-elle en slalomant lentement parmi les arbres coupés.

La scierie était dépourvue de tout charme : un immense édifice gris recouvert de tôles rouillées. Heureusement que de puissants éclairages illuminaient l'extérieur, sinon elle aurait sans doute eu un peu peur. Elle sortit avec précaution de sa voiture et se dirigea vers une porte en verre située en plein milieu de la façade. L'entrée était verrouillée, pourtant, une lueur filtrait de l'intérieur du bâtiment et elle entendait distinctement des machines fonctionner. Ne sachant trop où aller, elle essaya de faire le tour de l'entrepôt et elle était en train de longer le mur quand un homme émergeant de nulle part l'interpella avec humeur.

— Qu'est-ce que vous faites là ? Il y a de gros engins qui circulent ici, vous ne pouvez pas rester dans les parages.

— Ah, d'accord, sourit Camille d'un air penaud, vous pouvez peut-être m'aider alors, je… je cherche du travail ! Je voulais savoir si vous n'aviez pas un poste de secrétaire à mi-temps de libre, demanda-t-elle, saisie d'une soudaine inspiration.

L'homme la détailla de la tête aux pieds et elle crut nécessaire de se justifier.

— Je travaille *Au Fika d'Anita* quelques heures par semaine et j'aurais bien besoin d'une activité complémentaire.

— Vous devriez aller voir Anna à l'intérieur. C'était elle l'ancienne assistante de direction avant de se faire licencier par M. Holmgren, mais maintenant qu'il n'est plus là, elle a repris la gestion.

Tiens donc, voilà une information intéressante.

— C'est terrible ce qui est arrivé. J'imagine que c'est Anna qui possède la scierie maintenant ? Je suis sûre qu'elle va faire un travail formidable, tenta Camille afin d'extirper quelques renseignements supplémentaires.

— J'aime bien Anna, elle a toujours été gentille avec tout le monde. Je ne comprends pas pourquoi M. Holmgren l'a virée, mais je suis content de voir que Mme Holmgren l'a choisie pour prendre la suite.

Le cœur de Camille battait la chamade. Elle aurait voulu sautiller sur place tellement elle se sentait excitée par ce qu'elle venait d'apprendre. Au lieu de ça, au prix d'un grand effort, elle adopta une attitude compatissante.

— J'imagine que ça a été terrible quand M. Holmgren a congédié sa sœur. Ils n'avaient pas l'air de bien s'entendre, exactement comme mon frère et moi. Je suis souvent triste en pensant à nos disputes. Surtout maintenant qu'il est décédé…

Elle avait appris en école de commerce que révéler des informations personnelles pouvait mettre en confiance le client. Bon, elle n'avait pas de frère disparu et l'homme en face d'elle n'était pas son acheteur… mais cela valait le coup d'essayer ! Elle avait l'impression d'être un agent secret et cette sensation la rendait très optimiste.

L'ouvrier parut gêné.

— C'est vrai qu'ils ne s'entendaient pas très bien. J'étais dans le couloir en attendant de parler à M. Holmgren quand j'ai surpris des cris dans le bureau. Anna est sortie en pleurant et le patron semblait furieux. Après ça, la petite n'est jamais revenue.

— C'était quand ?

— Voyons, dit l'homme en se grattant la tête, mercredi dernier, si mes souvenirs sont exacts.

Soit quatre jours avant le meurtre. Coïncidence ? se demanda Camille. Probablement pas.

— Cette scierie est grande, elle a l'air de bien fonctionner. Ça me plairait d'y travailler. Les affaires marchent bien ?

— Depuis que M. Holmgren l'a reprise, il en a fait de l'or. On espère tous que ça va continuer maintenant qu'il est… enfin qu'il n'est plus là, enchaîna l'ouvrier en baissant les yeux. On n'a jamais trop vu Mme Holmgren par ici, alors on n'est pas sûr de ce qui va se passer. Si Anna reste, on a peut-être une chance de s'en sortir. Je n'aimerais pas qu'on soit vendu, vous comprenez. On sait ce qu'on perd, mais jamais ce qu'on gagne.

— Vous pensez que Mme Holmgren va vendre ?

— Qui sait ? dit l'homme en haussant les épaules avant de lui indiquer comment postuler.

Camille attendit qu'il soit hors de vue, puis retourna à sa voiture en se forçant à ne pas courir. Elle ne voulait pas que son comportement paraisse étrange, mais elle bouillonnait de l'intérieur ! Elle avait récolté de nombreux renseignements capitaux et donna un high five mental au Sherlock fictif qui la suivait partout.

Avant de redémarrer, elle prit soin de noter tout ce qu'elle avait entendu afin de n'omettre aucun détail. Puis, elle prit son smartphone et alla sur le site des pages blanches suédoises pour trouver l'adresse de Leif et Birgitta Holmgren. Elle voulait parler à cette femme qui avait hérité de la scierie de son défunt mari.

La résidence des Holmgren se situait en plein centre-ville, juste à côté de l'auberge de jeunesse de Mokkjokk. Leur terrain était immense, bordé par les trois rues adjacentes. Une petite barrière délimitait la propriété et des bouleaux dépourvus de feuilles s'alignaient devant la maison bleu ciel haute d'un étage, la cachant à la vue des passants durant l'été. Mais c'était l'hiver et les branches nues laissaient entrevoir à Camille les fenêtres illuminées. Elle gara sa voiture dans l'avenue ; remonter l'allée à pied lui permettrait de réfléchir à ce qu'elle allait dire.

La mort du mari de Mme Holmgren était toute récente et celle-ci devait être bouleversée (ou elle prétendrait l'être ?). Il fallait agir avec tact et efficacité.

Sa conversation avec l'ouvrier avait donné confiance à Camille et elle comptait bien avoir le même succès avec cette femme. Armée d'une mine compatissante, elle frappa à la porte.

Une dame d'une quarantaine d'années au visage sévère ouvrit et elle lui jeta un regard plein de mépris. Ses longs cheveux bruns étaient attachés en demi-queue et tombaient sur des épaules carrées. Son chemisier blanc, impeccable, et sa jupe fourreau accentuaient l'intransigeance de ses traits. En voyant Camille devant chez elle, son grand nez fin et sa bouche pulpeuse se contractèrent avec méfiance. Intimidée, celle-ci ne sut plus quoi dire et resta sur le pas de la porte en silence, à fixer Mme Holmgren qui lui faisait face. Toute sa certitude s'était envolée en moins d'une seconde.

— C'est pour quoi ? interrogea Birgitta d'un ton sec.

— Bonjour Madame, je m'appelle Camille, je travaille *Au Fika d'Anita*. Je… j'étais là le soir où votre mari a été… enfin le soir où il est mort. Je tenais à vous présenter mes condoléances et vous demander si vous aviez besoin de quoi que ce soit.

Un sourire malfaisant se dessina sur les lèvres de Birgitta et elle claqua la porte au nez de Camille sans même répondre. Choquée, celle-ci resta immobile quelques secondes avant de faire demi-tour pour retourner à sa voiture.

Quelle femme antipathique ! pensa-t-elle, difficile de ressentir de la compassion, d'ailleurs, cette « veuve » ne lui avait aucunement paru effondrée, bien au contraire. Elle était même sûre d'avoir noté un fugace rictus diabolique sur son visage quand elle avait évoqué la mort de son mari. Avait-elle quelque chose à voir avec le meurtre ? Le petit Sherlock dans son esprit la rappela alors à l'ordre en lui susurrant de ne pas avoir de préjugés. Après tout, chacun vivait le deuil à sa façon. Mme Holmgren ne la connaissait ni d'Ève ni d'Adam, pourquoi irait-elle s'effondrer sur son épaule ?! Il fallait qu'elle en sache plus sur elle, mais comment faire ?

Assise au volant de sa voiture, Camille attendit un peu avant de retourner chez elle. Avec de la chance, quelqu'un rendrait visite à Birgitta, une personne que Camille pourrait ensuite interroger. La ruse et la persévérance étaient de mise pour découvrir la vérité.

Elle s'installa plus confortablement sur son siège et prit son mal en patience, allumant et éteignant régulièrement son moteur, pour se garder au chaud et enlever la buée des vitres. Au bout d'un long moment, ses yeux se fermèrent et Camille plongea dans un profond sommeil.

De vigoureux coups frappés à la fenêtre la réveillèrent en sursaut.

Chapitre 9

Le premier réflexe de Camille fut de paniquer. Elle n'avait pas allumé son moteur depuis un moment et du givre recouvrait les carreaux de sa voiture et il lui était impossible de deviner à qui appartenait la silhouette qui frappait à sa vitre. Puis une voix familière accompagna les coups et elle se détendit immédiatement.

— Ma chérie, ça va ? Tu n'es pas morte congelée, au moins ?

Camille porta la main à son cœur pour tenter de se calmer, avant de tourner la manivelle de la fenêtre.

— Anita, tu m'as fait peur !

— Je vois ça, répondit-elle sans une once de remords. Et sinon, que fais-tu ici ?

— Comment ça ? rétorqua innocemment Camille. Je heu… je… rien, je regardais un truc sur mon téléphone et je suppose que j'ai dû m'endormir.

— C'est vrai que c'est plutôt cosy là-dedans, ironisa Anita en hochant la tête d'un air convaincu, tandis qu'un nuage de vapeur sortait de sa bouche. Et puis surtout… c'est juste en face de chez Birgitta, la femme de feu Leif Holmgren. C'est fou comme hasard, tu ne trouves pas ?

Camille leva les yeux au ciel en soupirant bruyamment. Bien entendu, dit comme ça, sa « planque » semblait tout à fait ridicule et la honte s'empara d'elle.

Sans un mot de plus, Anita fit le tour du véhicule et grimpa côté passager, en plaçant sa chienne à ses pieds. Avec un grand sourire, elle demanda à son amie de les conduire jusque chez elle. Elle s'était justement cuisiné un ragoût de poisson et n'avait pas envie de le manger seule. Comme par magie, le ventre de Camille se mit à gargouiller et elle prit cela comme un signe du destin. Que pouvait-elle faire d'autre ?

Ce fut en arrivant dans la douce chaleur de la maison d'Anita que Camille se rendit compte qu'elle avait extrêmement froid. Elle frissonnait des pieds à la tête, comme si ses os eux-mêmes étaient congelés. S'endormir dans sa voiture n'était pas la meilleure des idées ! La pendule en forme de soleil, suspendue sur le mur au-dessus du canapé, indiquait vingt heures. Elle n'avait pas mangé depuis ce midi et mourrait littéralement de faim.

Elle aida Anita à mettre le couvert pendant que le ragoût mijotait doucement sur la cuisinière à bois, une délicieuse odeur de poisson et de crème chatouillant leurs narines.

Une fois qu'elles furent attablées et servies, Anita attaqua :

— Tu as décidé d'enquêter sur le décès de Leif, c'est ça ? C'est pour innocenter Caisa ?

Elle la fixait d'un regard pénétrant qui passa l'envie à Camille de raconter des mensonges. De toute façon, il lui semblait évident qu'elle n'y arriverait pas toute seule. Anna avait refusé de lui parler et Birgitta lui avait claqué la porte au nez. Comment pourrait-elle récolter des données suffisantes si tout le monde la rejetait ? En revanche, Anita était très appréciée par les habitants, ils seraient peut-être plus enclins à lui confier leurs secrets. Elle faisait également partie du club de lecture auquel Anna participait.

Elle comprenait parfaitement pourquoi Willy voulait garder ses recherches confidentielles, mais pour réussir, elle devait se faire aider !

— Tu jures de ne rien dire à personne ? C'est très important de rester discrets. Aucune de tes amies ne doit être au courant.

Anita prit la mouche, vexée par ce manque de confiance.

— C'est juste que si quelqu'un apprend que je mène une enquête parallèle et que ça revient aux oreilles de la police, j'ai peur que les chances de Caisa de s'en sortir soient encore plus minces.

— Ma chérie, je serai une tombe, c'est promis, jura-t-elle en mimant le geste d'une fermeture éclair sur sa bouche. Maintenant, dis-moi tout pour que nous puissions avancer.

Tout en dévorant avec gourmandise son assiette, Camille lui expliqua ce qu'elle avait découvert lors de sa visite à la scierie. Anna s'était fait virer par Leif la semaine précédente et ils s'étaient fortement disputés. Mais suite à la mort de son mari, Birgitta avait décidé de réintégrer Anna et de la mettre à la direction. De plus, l'ouvrier avait dit que les employés étaient assez stressés pour la suite des évènements. Depuis que M. Holmgren avait repris la scierie, les affaires marchaient très bien, mais qu'allait-il se passer maintenant ? Peut-être Mme Holmgren voudrait-elle vendre ?

Anita écouta son amie sans l'interrompre, les yeux avides. Toute sa vie, elle avait récolté des informations sur les personnes qui l'entouraient, des rumeurs, des bruits. Elle consignait tout dans des petits carnets qu'elle stockait dans l'armoire de sa chambre, bien à l'abri dans un vieux carton. Jamais elle-même n'avait lancé de commérages ou divulgué ses connaissances à autrui. Non. Tout ce qu'elle apprenait, elle le gardait pour elle, pour son propre plaisir de détenir *ses secrets*, comme elle aimait à les appeler. Elle se sentait donc la mieux placée pour devenir le Watson de ce Sherlock aux cheveux roux. Peut-être même que grâce à cette manie de tout noter, elle allait pouvoir aider à résoudre le meurtre de l'odieux Leif Holmgren !

— Voilà, tu sais tout, lui dit Camille. Pour moi, Anna et Birgitta pourraient toutes deux avoir tué Leif. Sa sœur, pour se venger de son licenciement et Birgitta, pour récupérer la scierie. Étant donné que les affaires marchent bien, j'imagine que l'entreprise doit valoir pas mal d'argent ; or la richesse est un mobile très commun pour les crimes… Pourquoi me regardes-tu comme ça ? Je t'assure qu'à cet instant précis, tu es effrayante !

Anita fixait Camille avec extase. Sa grande bouche aux lèvres fines s'étirait d'un bord à l'autre de son visage et ses yeux enfoncés étaient écarquillés de joie. Dans son carnet des secrets en cours, elle avait noté, deux mois plus tôt, un renseignement énorme qui l'avait fait jubiler pendant toute une semaine, une information qui pouvait très bien être déterminante dans cette affaire. Les parties concernées avaient tenté de la garder confidentielle, mais, par un heureux hasard, elle était tombée sous son œil curieux.

— Tu dis que Birgitta a nommé Anna à la tête de l'entreprise, c'est bien cela ? demanda-t-elle. On peut donc se risquer à dire que les deux femmes ont obtenu ce qu'elles voulaient…

Camille acquiesça.

— Où veux-tu en venir ?

— Je sais qu'Anna n'a jamais été très proche de sa belle-sœur. Elle n'en a jamais dit du mal, mais je n'ai pas le souvenir qu'elle nous a déjà parlé d'un dîner ou d'une sortie qu'elles auraient fait ensemble. Birgitta prend tout le monde de haut, quant à son défunt mari, tu as bien vu la façon dont il traitait sa sœur. Alors pourquoi Birgitta a-t-elle décidé de mettre Anna à la tête de l'entreprise ?

Anita fit une pause dans son récit pour y ajouter un peu de tension.

— Peut-être qu'elles auraient pu planifier le meurtre ensemble ? Peut-être qu'il n'y a pas un, mais deux tueurs ?

Camille se redressa sur sa chaise afin de mieux intégrer ce que lui disait son amie.

— Mais pourquoi maintenant ? demanda-t-elle. Elles auraient très bien pu le faire avant. Le fait qu'Anna se soit fait virer la semaine dernière est plutôt compromettant pour elle.

Anita approuva d'un signe de tête, de plus en plus excitée.

— Peut-être qu'il y a une autre motivation alors ?

Camille perdait patience et la pressa de lui en dire plus.

— Un bébé à venir serait une très bonne raison de tuer, par exemple.

— Quoi, tu veux dire qu'Anna est enceinte ?

— En fait, je ne suis pas sûre de savoir qui des deux attend un enfant, mais je les ai vues début octobre se rendre ensemble au bureau des déclarations de grossesse à Leluo ! révéla-t-elle d'un air triomphant.

Le cerveau de Camille tournait à plein régime. Pourquoi aller à Leluo alors que les deux femmes auraient très bien pu le faire au centre de santé de la ville ? Désiraient-elles garder la grossesse secrète ? Le crime avait-il un rapport avec ce bébé ? Si Anna était enceinte, Caisa était-elle au courant ? Était-ce un projet qu'elles avaient eu ensemble ?

L'annonce d'Anita était énorme, mais le mystère autour de la mort de Leif lui semblait encore plus complexe à élucider. Elle aurait voulu en débattre toute la nuit, mais après ce copieux repas, Camille sentit le sommeil la gagner et elle étouffa un bâillement. Ce fut le signal pour Anita qu'il était temps d'aller se coucher. Elle poussa gentiment son amie dehors en lui préconisant de bien se reposer. Une enquête demandait d'être alerte et fraîche !

Chapitre 10

La sonnerie stridente de son réveil expulsa Camille de son lit douillet. Elle avait dormi d'une traite toute la nuit, à croire qu'elle était faite pour mener une enquête. Reposée et fraîche, elle décida de remplir son tableau des suspects en prenant son petit-déjeuner. Elle fit tout d'abord une colonne au nom de Caisa, car après tout, elle avait un mobile et entretenait une liaison avec Anna. Il était fort possible qu'elle ait un lien avec l'assassin ou que le meurtrier ait voulu la faire accuser. Puis elle dessina une colonne au nom d'Anna, avec son licenciement en motif du crime et la grossesse entourée d'un point d'interrogation rouge. Et enfin, une dernière pour Birgitta, avec la scierie dont elle avait hérité. Elle rajouta un petit papier nommé « avocat » avec un point d'interrogation. Dans les séries télévisées, l'amour était souvent un motif de crime et cet homme semblait vouloir défendre Birgitta à tout prix. Était-il simplement dévoué et certainement bien payé ? Ou était-il l'amant de Mme Holmgren ? Après tout, il pouvait très bien être le père du bébé et, si Leif avait tout découvert, peut-être que l'amant avait voulu se débarrasser de lui ?

Tout en bas, elle rajouta une note concernant l'entreprise familiale : pourquoi Leif a-t-il viré Anna ? Comment a-t-il rendu son affaire aussi prospère ? Elle avait le sentiment qu'il fallait creuser ce sujet également. La victime aurait très bien pu être assassinée par un concurrent évincé ou jaloux.

Si le bébé était celui d'Anna, qui était le père ? Était-ce pour ça qu'elle s'était fait licencier et que son frère et elle s'étaient disputés ?

Toutes ces questions la tracassaient, mais pour le moment, elle devait rejoindre Anita pour commencer son service. Willy l'appela alors qu'elle était en train de descendre les escaliers de son immeuble.

— La police vient de partir de chez nous.

— Encore ? Il y a du nouveau ?

— Ils ont pris une bouteille d'antigel qui se trouvait dans son garage, en exultant que cette fois, Caisa n'avait vraiment aucune chance de s'en sortir, dit-il en essayant de maîtriser sa colère. Quand j'ai exigé de savoir ce qu'il se passait, ils m'ont averti de ne pas faire le malin ou ils pourraient très bien m'embarquer aussi !

Camille ne comprenant pas très bien de quoi il retournait, Willy lui expliqua que les analyses toxicologiques de Leif étaient arrivées ce matin et que « *cet enfoiré* » avait été empoisonné à l'antigel. L'avocat avait demandé une entrevue d'urgence avec sa sœur.

— Mais, tout le monde a de l'antigel ici, dit Camille. On passe des hivers entiers sous la barre de zéro degré, comment pourrait-il en être autrement ?! En plus, vous utilisez tout le temps vos motoneiges… Ils ne peuvent pas vous accuser pour détention d'antigel !

Willy soupira bruyamment, au bord de l'épuisement.

— Tu as du nouveau de ton côté ?

— J'y travaille, mais rien d'exploitable pour l'instant, déclara-t-elle.

Sa réponse lui donnait l'impression d'être dans une série policière, mais une fois encore, la déception se lut dans la voix de son ami et Camille ne put s'empêcher de rajouter qu'elle faisait son maximum et ne lâchait rien. Dès qu'il eut raccroché, elle nota sur son carnet qui ne la quittait plus que l'antigel était l'arme du crime. Il lui faudrait connaître les effets exacts de ce produit.

— J'ai du nouveau, déclara-t-elle à Anita avant même de la saluer.

— Bonjour à toi aussi, Madame Holmes. Il semblerait qu'enquêter te fasse perdre toute notion de politesse.

Camille ne prêta aucune attention à ses reproches et l'informa de but en blanc, ce qu'elle venait d'apprendre. Cependant, comme aucune des deux ne savait ce que cela impliquait vraiment, elles mirent cette information de côté pour le moment. Anita aussi avait des choses à dire.

— Ce soir, c'est la réunion du club de lecture à la bibliothèque. Tu vas m'accompagner en prétendant vouloir nous rejoindre et tu vas apporter une bouteille de champagne pour fêter ton arrivée. Si Anna en boit, alors on pourra en déduire que c'est Birgitta qui est enceinte et inversement.

Camille était impressionnée par ce plan infaillible, elle avait bien fait de lui parler de l'enquête ! À elles deux, elles parviendraient sûrement à découvrir le fin mot de l'histoire ! Fredrick, le bibliothécaire, pénétra dans le salon de thé. Il semblait soucieux et de gros cernes violets bordaient le dessous de ses yeux. D'ordinaire tiré à quatre épingles, il était même un brin débraillé.

— Tu vas bien, Fredrick ? Tu as l'air épuisé, demanda Anita.

Le bibliothécaire lâcha son chien qu'il tenait dans ses bras et se passa une main sur le visage.

— Oui, oui, tout va bien. Holmi a été malade cette nuit et j'ai très mal dormi. Je suis juste un peu fatigué.

Anita regarda l'animal qui s'était sagement assis aux pieds de son humain.

— Ben alors, qu'est-ce qui t'arrive, mon pépère ?

Le chien balança sa tête sur le côté et aboya une fois comme pour commenter.

— Holmi, c'est rigolo comme nom. D'où ça vient ? demanda Camille en souriant béatement devant la mignonnerie du chien.

— Fredrick est mordu des aventures de Sherlock Holmes, répondit Anita avant même que celui-ci n'ouvre la bouche. Holmes, Holmi. Au fait, Camille voudrait participer au club. Elle adore lire, je lui ai donc dit qu'il n'y avait pas de problème.

— Bien sûr, plus on est de lecteurs, plus on lit ! lança Fredrick avec un sourire.

— Penses-tu qu'Anna sera là ? La pauvre, j'espère qu'elle va bien. C'est vraiment tragique ce qui est arrivé à son frère.

Fredrick reprit Holmi dans ses bras et lui caressa la tête en silence.

— Je crois que je vais aller chez le vétérinaire avant le travail, répondit-il avant de filer hors du salon de thé.

Anita haussa les épaules en pensant qu'elle ne réagirait pas mieux s'il arrivait quelque chose à sa chienne. Ces petites bêtes poilues prenaient une telle place dans le cœur de leurs propriétaires ! Puis elle alla en cuisine, voyant les clients arriver.

Après son service, Camille laissa Anita avec seulement deux touristes qui finissaient leurs breuvages. L'hiver ne voyait pas beaucoup de visiteurs défiler dans la région. La Suède n'avait pas encore su développer ses atouts et se faisait supplanter par sa voisine, la Finlande. La haute saison était plutôt l'été, quand les Suédois citadins venaient prendre leur bol d'air annuel en randonnant sur le célèbre *chemin du roi* qui serpentait dans les montagnes. Mokkjokk en était l'une des portes d'entrée principales. Le salon de thé dépendait ainsi surtout des travailleurs et des retraités pour garder la tête hors de l'eau durant les longs mois d'hiver.

La réunion du club de lecture n'ayant pas lieu avant plusieurs heures, Camille en profita pour faire des recherches sur l'antigel. Elle se cala confortablement dans son canapé, son ordinateur posé sur les genoux.

Internet fourmillait d'informations sur le sujet, le tueur n'avait donc pas eu besoin d'avoir un diplôme de chimiste pour en connaître les effets exacts sur le corps humain. Les animaux étaient apparemment souvent victimes de ce type d'empoisonnement, à cause du goût sucré de la substance.

Trois phases se dégageaient quand une personne ingérait de l'antigel. Entre une demi-heure et douze heures après l'absorption, les consommateurs paraissaient ivres. Ils présentaient des symptômes tels que des vertiges, une incoordination des mouvements musculaires, des tremblements incontrôlés des yeux, un mal de tête, ou encore des troubles de l'élocution et de la confusion.

Cet état pouvait tout à fait correspondre à celui de Leif. À son arrivée, il donnait l'impression d'avoir déjà bu quelques verres et s'était frotté la tête comme s'il avait mal. L'empoisonnement avait donc eu lieu avant le concert…

Lors de la deuxième phase, de douze à trente-six heures après ingestion, la victime était prise de spasmes musculaires, souffrait d'une hyperventilation, d'hypertension et d'une accélération du rythme cardiaque.

Leif avait-il présenté de tels symptômes ? Camille secoua la tête avec conviction. Lorsqu'il avait bousculé sa sœur, il respirait tout à fait normalement.

Il était précisé sur le site Internet que le décès survenait souvent durant cette période, mais la police avait dit à Anita que Leif était probablement tombé au sol, puis, ne parvenant pas à se relever, avait fini par mourir de froid.

Camille frissonna en pensant à cette fin atroce et elle espéra sincèrement qu'il ne se soit rendu compte de rien. Elle avait entendu dire que mourir de froid était comme s'endormir, mais ça devait quand même être loin d'un lit douillet et moelleux. Elle escomptait ne jamais connaître cette sensation !

La dernière phase était l'atteinte rénale.

Elle nota également deux autres informations capitales : il ne fallait que 30 ml de produit pour causer la mort de quelqu'un et l'ingestion était indispensable. Un simple contact ne suffisait pas.

Le tueur avait donc dû mélanger l'antigel à une boisson tel que du thé, du café ou même un soda, sans que sa victime s'en rende compte, grâce au petit goût sucré du liquide. Elle se félicita de ne jamais mettre de sucre dans son café. Au moins, si quelqu'un tentait de l'empoisonner à l'antigel, elle sentirait la différence !

Forte de ses nouvelles connaissances — Internet était décidément l'endroit de tous les savoirs —, elle conclut avec certitude que l'ingestion avait eu lieu durant les douze heures précédant l'arrivée de Leif au concert. Cela élargissait grandement le champ des possibles suspects. Où Holmgren avait-il passé la journée ? Avec qui ? Qu'avait-il mangé ? Toutes ces questions devraient trouver une réponse afin d'innocenter Caisa.

Chapitre 11

Après toutes ses recherches sur l'ordinateur, Camille avait besoin de prendre un peu l'air. Les intérieurs des maisons et des boutiques étaient souvent surchauffés en hiver et son appartement, muni d'un chauffage central, ne faisait pas exception. Elle décida d'aller se promener en ville avant de se rendre au magasin d'alcool pour acheter la bouteille de champagne. La Suède avait mis en place une politique anti-alcool très importante plusieurs années auparavant, afin d'enrayer une augmentation de l'alcoolisme parmi la population. Désormais, toute boisson ayant un pourcentage éthylique de plus de 3,5 % devait être achetée dans des commerces gouvernementaux spécialisés, aux horaires assez stricts. Sinon, les clients pouvaient consommer dans les bars en payant le prix fort, une stratégie qui avait assez bien fonctionné.

Elle prit une grande goulée d'air glacial qui la fit tousser et marcha sans vraiment prêter attention à sa destination. Elle ressassait tous les éléments de l'enquête, en espérant que la solution apparaisse comme par magie.

Les nombreux lampadaires éclairaient les larges rues de la ville et toutes les fenêtres des maisons étaient décorées de lumières de Noël. De grosses étoiles rouges ou blanches, ainsi que des bougeoirs à sept branches trônaient fièrement derrière les vitres, accompagnés de lutins à longue barbe, de flocons de neige ou de figurines de rennes. Les habitants voulaient offrir aux passants les plus belles ornementations.

Sur les trottoirs s'amoncelaient une épaisse couche de glace et des tas de neige de presque un mètre de haut.

Camille fut brutalement ramenée à la réalité, lorsque son pied dérapa sur une plaque de verglas et qu'elle s'étala au sol de tout son long, juste devant le cabinet vétérinaire.

L'assistante du médecin aperçut la glissade par la fenêtre et se précipita dehors pour lui porter secours.

— Ça va, vous n'avez rien ? s'inquiéta-t-elle en l'aidant à se relever.

Camille était tombée en arrière directement sur son postérieur et éprouva une vive douleur au niveau de son coccyx. Elle accepta la main de l'assistante avec reconnaissance, une grimace vexée sur le visage.

— Quelle chute ! commenta celle-ci.

— J'étais dans mes pensées, je n'ai pas vu la plaque de verglas, souffla Camille d'un air penaud en se frottant les fesses.

— Faites plus attention la prochaine fois, une fracture du bassin est la dernière chose que vous voulez, croyez-moi !

Puis l'assistante lui adressa un ultime sourire avant de retourner à l'intérieur.

— Au fait, comment va Holmi ? cria Camille lorsqu'elle la vit grimper les marches du cabinet vétérinaire.

L'image de l'adorable cavalier King Charles s'imposa dans son esprit et elle espérait sincèrement qu'il soit en bonne santé.

— Le chien de M. Johansson ? Il se porte bien, juste un petit coup de fatigue. Les animaux aussi sont affectés par le climat et le manque de luminosité, c'est très courant.

Camille la remercia. Elle avait toujours voulu avoir des animaux, mais avec les déménagements réguliers, ses parents n'avaient jamais voulu. Elle avait pris une belle revanche en travaillant avec Ian et ses cinquante chiens ! Quand elle aurait trouvé un vrai chez elle, peut-être qu'elle adopterait un chat.

Quoi de plus cosy que d'entendre leurs doux ronrons en étant lovée sur le canapé ?

C'était la première fois que Camille mettait les pieds dans la bibliothèque municipale de Mokkjokk. De l'extérieur, le bâtiment n'avait rien de prétentieux. Des murs jaune pâle défraîchis et une porte d'entrée en verre sur laquelle étaient collées de nombreuses affiches d'évènements culturels accueillaient les visiteurs. À l'intérieur, la décoration n'était guère mieux : des meubles un peu désuets, des banquettes rouge foncé au tissu usé et de vieilles étagères en formica. Pleines à craquer de livres, ces dernières s'alignaient les unes à la suite des autres en laissant tout juste la place à quelques tables. Le lino, imitation parquet, était déformé à force de marcher dessus et une odeur de poussière et de renfermé flottait dans l'air.

Fredrick, Ingrid, Eva et Anna étaient déjà installés dans la salle de réunion située tout au fond de la pièce quand Camille et Anita arrivèrent, bouteille de champagne et verres dans les mains.

Tout le monde les salua chaleureusement, même Anna qui semblait avoir retrouvé le sourire depuis.

— Des bulles ! cria Eva d'un ton enjoué. Super, qu'est-ce qu'on fête ?

— On souhaite la bienvenue à Camille qui a décidé de rejoindre notre club, annonça Anita. Elle m'a confié qu'elle adorait lire, alors je me suis dit que ça serait une bonne idée de l'intégrer à notre petit cercle. Qui veut un verre ? Anna ?

L'intéressée prit la coupe en plastique que Camille lui tendait et se laissa servir avec plaisir. Ses traits étaient moins tirés et ses yeux dépourvus de cernes, à croire qu'elle s'était déjà remise de la mort de son frère. Rien d'étonnant si elle est impliquée dans le meurtre…

Anita distribua des verres aux autres membres du club, en finissant par Fredrick.

— Comment va Holmi ? demanda-t-elle au bibliothécaire.

Celui-ci tendit machinalement la main vers son compagnon et lui caressa la tête en souriant avec adoration.

— Juste une petite baisse de régime, heureusement. Il doit prendre des compléments alimentaires. Bon, commençons, s'il vous plaît.

— Attends Fredrick, les livres ne vont pas s'envoler ! Portons un toast à notre nouvelle recrue, lança joyeusement Anita en faisant un discret clin d'œil à sa complice.

Tout le monde but sans sourciller, c'était donc Birgitta qui était enceinte ! Le petit Sherlock imaginaire de Camille lui souffla que le moment était idéal pour essayer de récolter plus de données. Elle releva son verre une deuxième fois.

— Je voudrais aussi féliciter Anna pour sa récente nomination à la tête de la scierie. On a eu vent de la nouvelle par des clients du salon, ils avaient l'air ravis.

Un silence gêné suivit sa déclaration et tous les visages se tournèrent vers l'intéressée. Le choc se lisait sur son visage, mais Anita brisa la glace en la congratulant à son tour. Anna répondit par un sourire qui n'avait rien de naturel et considéra l'assistance avec embarras.

— Tu diriges la scierie ? Mais pourquoi ne m'as-tu rien dit ? s'offusqua Fredrick.

— Ça s'est décidé seulement lundi, dans l'urgence, souffla-t-elle. Il fallait quelqu'un pour remplacer rapidement Leif et… heu… Birgitta a pensé que j'étais la mieux placée, comme cela faisait vingt ans que j'y travaillais…

— Je suis juste surpris, car… enfin Birgitta et toi n'avez jamais été… proches alors…

Camille, qui ne perdait pas une miette de l'échange, tenta sa chance en poussant le malaise encore plus loin. Après tout, si elle espérait récolter des informations, il fallait qu'elle aille les chercher !

— Vous savez, une grossesse fait parfois voir les choses différemment, affirma-t-elle en souriant. Birgitta voulait peut-être resserrer les liens familiaux pour le bien-être du bébé à venir.

Eva et Ingrid, restées silencieuses jusqu'à présent, étouffèrent un cri surpris.

— Ça suffit ! lança Anna avec colère. Je n'ai pas à vous rendre de comptes et Birgitta non plus ! Nous sommes en deuil, je vous rappelle !

Elle posa brutalement son verre à moitié plein sur la table et partit d'un pas furieux après avoir jeté un regard assassin à Camille. Anita sortit un mouchoir de sa poche et épongea rapidement les éclaboussures.

Un énorme malaise envahit soudain Camille qui ne s'attendait pas à cette violente réaction. Elle avait poussé le bouchon un peu trop loin. Elle murmura des excuses au groupe, en plaidant l'ignorance. En aucun cas, elle n'aurait divulgué ces informations si elle avait su qu'elles étaient confidentielles ! Ce demi-mensonge détendit un peu l'atmosphère et seul Fredrick resta figé, trop choqué pour bouger. Afin de détourner l'attention du groupe, Anita proposa d'enchaîner sur leurs lectures, mais Fredrick se leva.

— Je suis désolé, mesdemoiselles, mais je vais devoir annuler la séance. Je ne veux pas abandonner Anna dans cet état. Nous nous retrouverons la semaine prochaine.

Après s'être regardées d'un air entendu, Eva et Ingrid remballèrent leurs affaires, entraînant Camille et Anita avec elles. Le bibliothécaire éteignit rapidement toutes les lumières et abandonna les filles sur le trottoir devant l'entrée.

Camille crut bon de s'excuser encore une fois pour le désordre causé. Même si elle ne regrettait pas ses agissements, elle se sentait fort désolée d'avoir perturbé à ce point la séance du club.

— J'espère que je pourrais revenir, s'inquiéta-t-elle.

— Évidemment, lui assura Eva, Fredrick est un vieux garçon, mais il n'est pas rancunier. Présente-lui tes excuses et tout rentrera dans l'ordre.

Puis Anita invita les filles chez elle pour boire un chocolat « pimenté ». Il n'était pas question de laisser cet imprévu gâcher leur réunion !

Pendant qu'Ingrid et Eva s'installèrent dans les fauteuils moelleux, Camille retrouva son amie en cuisine pour « l'aider à préparer ».

— C'est donc bien Birgitta qui est enceinte ! chuchota-t-elle. Elle ne voulait sûrement pas que ça se sache, sinon pourquoi Anna aurait-elle réagi si violemment ?!

— Elle ne l'a même pas dit à Fredrick, moi qui pensais qu'ils étaient proches, commenta Anita tout en faisant chauffer le lait sur la gazinière.

— De quoi parlez-vous, bande de cachotières ?

Camille sursauta en entendant la voix juste derrière son oreille. Les deux amies étaient tellement absorbées par leurs réflexions qu'elles n'avaient pas réalisé qu'Ingrid et Eva se tenaient discrètement dans leur dos. Sans même leur laisser le temps de répondre, Eva, la cinquantaine, le visage enjoué et ses cheveux bouclés coiffés en ananas sur le dessus de sa tête, poursuivit :

— Fredrick n'avait pas l'air bien, le pauvre.

— On peut le comprendre, coupa Ingrid.

Sa grande silhouette mince et ses yeux d'un bleu froid contrastaient avec la chaleur de son sourire.

— Il a toujours été amoureux d'Anna, affirma-t-elle. Quand on était à l'école, il était le premier à la défendre et ces deux-là restaient systématiquement ensemble durant la récréation. Autant que je sache, il n'a même jamais eu de petite amie.

— Je me demande pourquoi Anna le rejette, il est doux comme un agneau et très cultivé.

— Oh, je t'en prie, Eva, la rabroua Ingrid. Il est gentil, c'est vrai, mais mou. Toujours à la regarder avec des yeux de merlan frit, il n'a rien de sexy ! Moi, je la comprends.

Son amie haussa les épaules.

— Et la grossesse de Birgitta, vous en pensez quoi ? lança Camille l'air de rien.

— Moi je trouve que c'est affreux qu'un enfant commence sa vie sans père, dit Eva.

— J'espère surtout que ce bébé ne ressemblera pas trop à ses parents. Entre Leif, qui était un sacré con et…

— Ingrid ! coupa Eva d'un air choqué.

— Quoi ?! Tout le monde est d'accord avec moi !

Anita serra les lèvres en hochant la tête.

— Tu vois ! Birgitta est aussi charmante qu'une pierre tombale et je sais de quoi je parle ! Excuse-moi, mais j'aime autant que ce gosse hérite du caractère de sa tante Anna. Elle, au moins, elle est gentille.

— C'est prêt ! annonça Anita en disposant quatre tasses de chocolat chaud sur un plateau.

Une odeur fraîche et vivifiante se dégageait du breuvage et la cuisinière informa ses convives qu'elle y avait ajouté une bonne dose de liqueur de menthe. Elles prirent le temps de boire quelques gorgées, avant de continuer leurs commérages. Une question brûlait les lèvres de Camille.

— Peut-être que Leif n'est pas le père de l'enfant ? Si Birgitta avait un amant, son mari aurait pu le découvrir et la menacer de divorcer. Alors, adieu la vie aisée.

Ingrid émit un grognement dubitatif.

— Birgitta, un amant ? Franchement, ça me surprendrait. Je suis d'ailleurs étonnée qu'elle soit tombée enceinte. Cette femme est rêche comme une pierre ponce.

— Tu dis ça parce qu'elle t'a fait des misères, mais il y a des hommes qui aiment ce côté… dominatrice, commenta Anita avec un sourire coquin.

— Je sais qui pourrait nous renseigner ! s'exclama Eva, le regard plein de malice. Figurez-vous que j'ai la même coiffeuse qu'elle, Katarzyna. Une dame froide et peu bavarde, mais qui a des doigts en or. La seule à qui je fais confiance pour coiffer mes cheveux bouclés. Il m'est arrivé plusieurs fois de passer juste après Birgitta et je peux vous dire que les deux n'arrêtaient pas de jacasser ensemble. De véritables pipelettes.

— De quoi parlaient-elles ? demanda Anita, avide de connaître un nouveau secret.

— Comment veux-tu que je le sache ? répliqua Eva en haussant ses épaules dodues. Elles discutaient en polonais.

Voilà une excellente façon d'en apprendre plus sur Birgitta ! se réjouit Camille. Les coiffeuses avaient la réputation d'être de vraies commères, alors pourquoi ne pas tenter sa chance ? Peut-être savait-elle qui était le père de l'enfant ! De toute façon, elle n'avait aucun autre moyen de se renseigner sur la femme de Leif. Birgitta n'avait aucun ami, détestait tout le monde et refusait de lui parler. Cette Katarzyna était sa meilleure option.

Machinalement, Camille toucha ses superbes cheveux roux en espérant de tout cœur que la coiffeuse avait en effet des mains en or, car elle supporterait difficilement une coupe ratée. Sa chevelure avait toujours fait sa fierté, elle la considérait comme son principal atout.

La conversation dévia ensuite sur les cours de français qu'Eva suivait en vue de son futur voyage en France l'été prochain et de son magnifique professeur.

Chapitre 12

Face à son tableau, café à la main, Camille cogitait. Au cours des derniers jours, elle y avait ajouté divers éléments. Trois noms figuraient tout en haut : Caisa, Anna et Birgitta.

Caisa était sur le point de tout perdre à cause de la déforestation massive sur les terres migratoires de ses rennes et bien qu'elle ne croie pas son amie coupable, c'était tout de même une excellente motivation pour tuer Leif Holmgren. Il convenait de rester objectif pour ne rien laisser au hasard, d'autant plus que Caisa était l'amante d'Anna !

Anna, d'ailleurs, qui s'était fait virer par son frère quelques jours avant son assassinat ! Non seulement cela, mais en plus, elle avait à présent été promue à la tête de l'entreprise familiale par sa belle-sœur Birgitta !

De son côté, celle-ci était secrètement enceinte et avait hérité de la scierie. Elle haïssait vivre à Mokkjokk, selon les témoignages de plusieurs habitants, et le père de son enfant demeurait inconnu… sans oublier son avocat plus que dévoué…

Pouvait-on imaginer que les deux femmes aient fomenté le meurtre ensemble ? Birgitta avait-elle demandé à Anna de tuer son frère en échange du poste de directrice ? Elle pourrait ainsi partir de cet endroit qu'elle détestait tout en continuant de percevoir les dividendes de l'entreprise. Son bébé serait à l'abri du besoin…

Pourtant, une question taraudait Camille. Pourquoi Anna s'était-elle fait virer ? Elle sentait que quelque chose de louche se tramait à la scierie, quelque chose qui pourrait être la cause de la mort de Leif.

Elle voulait également en apprendre plus sur Birgitta. Pourquoi cachait-elle sa grossesse ? Leif était-il au courant ? Était-il le père ? Peut-être qu'en fin de compte, l'entreprise familiale n'avait rien à voir là-dedans, mais qu'une troisième personne était impliquée, le géniteur de l'enfant, par exemple.

Le petit Sherlock imaginaire niché au fin fond de son cerveau lui susurra qu'il lui fallait encore plus de données. Sans attendre, elle s'habilla chaudement et sortit de son appartement pour aller prendre un rendez-vous urgent au salon de coiffure de Birgitta.

La boutique était minuscule, pourvue de seulement une place de coupe et très kitsch. Un écriteau en néon rose marqué « beach » brillait au-dessus d'une plante verte à grosses feuilles. Les murs étaient recouverts d'une tapisserie aux motifs bleus, violets et jaunes, tout droit débarquée des années quatre-vingt-dix et le miroir était encadré de deux palmiers en plastique. En cette période de fête, la propriétaire avait rajouté une guirlande lumineuse dans la vitrine, ainsi que deux gnomes punks. Un mélange… intéressant.

La coiffeuse, une grande blonde aux longs cheveux lisses, très apprêtée, effectuait un brushing sur une vieille dame. Camille demanda si elle pouvait avoir un rendez-vous au plus vite. Sans trop d'amabilité, Katarzyna la cala dans son agenda pour une coupe express le soir même à 17 h. Elle venait d'avoir une annulation et détestait avoir des trous dans son emploi du temps. Tout se goupillait à merveille !

Au comble de l'excitation, Camille sortit de la minuscule boutique et parcourut aussi rapidement que possible les deux rues qui la séparaient du salon de thé. Après sa chute de la veille, elle se méfiait comme de la peste des trottoirs glacés !

— J'ai rendez-vous ce soir chez la coiffeuse de Birgitta ! annonça-t-elle fièrement à Anita. Si quelqu'un sait quelque chose sur la grossesse, c'est bien cette femme.

— Croisons les doigts, répliqua son amie d'un air morose. Regarde, les tabloïds font les choux gras de cette histoire.

Elle balança sur le comptoir un journal national où le meurtre de Leif faisait la une.

— Les médias ont déjà condamné Caisa. Elle y est décrite comme une activiste décroissante qui empêche le développement économique de la ville en assassinant d'honnêtes chefs d'entreprises.

Camille prit le quotidien et lut l'article en travers.

— Les gens ne peuvent pas sérieusement croire un torchon pareil ?!

— La population croit ce qu'on lui montre. Cette histoire n'aura pas un impact positif sur le droit des Sames, je te le dis. Déjà qu'ils n'étaient pas très appuyés, mais si bobonne pense qu'il y a des tueurs parmi eux, c'est le début de la fin.

Choquée, Camille envoya un petit message de soutien à Willy en lui certifiant qu'elle continuait les recherches et que des pistes se précisaient.

Les Sames subissaient régulièrement des attaques physiques ou morales de la part des mineurs et des forestiers et devaient sans cesse se battre pour sauver leur culture et leur mode de vie traditionnel. Une telle publicité était un coup dur pour leur cause. Il fallait absolument qu'elle se dépêche de trouver le meurtrier, qui que ce fût !

Fredrick, fidèle à son habitude, pénétra juste à ce moment-là dans le salon de thé pour déguster son chai latte et sa brioche à la cannelle. Camille rangea discrètement son portable dans sa poche et sourit timidement au bibliothécaire.

— Je suis vraiment désolée pour hier, je ne voulais pas mettre le bazar, s'excusa-t-elle. J'espère que vous n'êtes pas trop fâché et que je pourrais revenir au club ?

— C'est oublié, soupira-t-il en caressant tendrement son chien. Mais la prochaine fois, contentez-vous de parler de livres. En s'éparpillant sur les ragots, on finit toujours par blesser quelqu'un.

Camille acquiesça d'un air contrit.

— Bien. Et heu… évitez le champagne également, rajouta-t-il. C'est une librairie et non un bar.

Anita, qui écoutait discrètement la conversation, tendit sa commande à Fredrick.

— C'est pour la maison. Comme ça, on est quitte, dit-elle avec un grand sourire et un clin d'œil.

Après avoir maintes fois remercié Anita, le bibliothécaire et son chien s'installèrent à leur table habituelle. Puis, tout en dégustant sa brioche, il ouvrit le journal, mais lorsqu'il tomba sur l'article à propos du meurtre de Leif, il se leva d'un air furieux et s'en alla en marmonnant dans sa barbe, sans même dire au revoir.

— Qu'est-ce qui lui prend ? demanda Camille à Anita, pendant qu'elle préparait une autre commande.

— Il a toujours soutenu les Sames en organisant des conférences et des débats à la bibliothèque. Je suppose que l'acharnement des médias le contrarie. Il est un peu soupe au lait, répondit-elle en haussant les épaules.

Il y avait de quoi, pensa amèrement Camille en repensant au ramassis de mensonges qui se trouvait dans le journal. Les médias feraient n'importe quoi pour faire les gros titres !

Le coup de feu du déjeuner fut lancé et les nombreux travailleurs se pressèrent dans la boutique pour se réchauffer. Les commandes de tartines aux crevettes, de pains pitas à la viande de rennes et de soupes du jour s'enchaînèrent à vitesse grand V, mais Camille avait l'esprit ailleurs. Elle voyait l'étau se resserrer autour de Caisa et se sentait complètement inutile. Ses recherches ne lui avaient rapporté que des suppositions sans preuve. Il fallait qu'elle passe au rythme supérieur si elle voulait empêcher son amie d'être accusée à tort.

Son manque de concentration lui fit renverser un bol de soupe sur le journal d'une dame qui attendait au comptoir. Rouge pivoine, elle se répandit en excuses, mais la cliente, magnanime, ne lui en tint pas rigueur. Et tandis que Camille nettoyait ses bêtises, sous l'œil impatient du reste de la clientèle, elle eut un éclair de génie en regardant la feuille de chou imbibée de potage. Comme ses recherches patinaient, peut-être pouvait-elle gagner un peu de temps en alertant l'opinion sur l'énorme erreur judiciaire qui était en train de se produire ? Les deux inspecteurs qui avaient arrêté son amie ne se donnaient même pas la peine de mener d'enquête, considérant avec certitude que Caisa était la coupable ! Et personne ne semblait s'en inquiéter ! C'était une aberration !

Cet après-midi-là, la fébrilité lui fit commettre plusieurs erreurs : elle factura des prix incorrects, mélangea des commandes, remplit des tasses jusqu'à débordement. Anita, un tantinet excédée, finit par lui dire de partir plus tôt, étant donné sa maladresse. Camille, penaude, n'eut pas l'occasion de lui expliquer les raisons de ce piètre service, car un groupe d'une dizaine de touristes entra et son amie lui tourna le dos afin de les servir. Elle ajouta donc à sa liste mentale de passer prendre une bouteille de liqueur de menthe pour se faire pardonner. S'il y avait bien une chose qu'Anita aimait, c'était les chocolats chauds « pimentés ».

Sans perdre une seconde, Camille alla acheter les principaux journaux nationaux et locaux, afin d'obtenir les noms de plusieurs journalistes. Le pays ne débordant pas de nouvelles exclusives, il y avait dans chaque magazine, un petit encart indiquant les personnes à contacter en cas d'information à partager.

Elle croisa Ingrid qui réapprovisionnait la section de Noël où des biscuits à la cannelle, du vin chaud en bouteille et des bonbons en forme de pères Noël et de sapins s'entassaient. Durant les fêtes de fin d'année, les Suédois étaient de gros amateurs de « glögg », un vin chaud très sucré auquel ils ajoutaient des raisins secs et des amandes. Camille préférait la version française qu'elle trouvait moins doucereuse, mais saluait l'imagination des producteurs avec le large choix de saveurs disponibles : pâte d'amande, chocolat et piment, fruits rouges, baie polaire, cerise, il y en avait pour tous les goûts.

À tout hasard, car Camille avait appris durant ses études que le seul moyen d'obtenir des choses était de tenter sa chance, elle demanda à Ingrid si elle avait des contacts dans les médias.

— Mon cousin travaille pour le quotidien de Leluo. Il est insupportable, toujours à se vanter qu'il vit de sa passion d'exposer la vérité au monde… comme s'il était journaliste de guerre, plaisanta-t-elle. Enfin, les enfants l'adorent et il me les prend parfois, alors, autant te dire que je ne vais pas couper les ponts vu le prix des baby-sitters.

— Tu penses que je peux le contacter pour un scoop ?

Les yeux d'Ingrid se mirent à briller.

— Quel scoop ? Si tu me le confies, je peux l'appeler et lui en toucher deux mots.

— En fait, je préfère lui parler moi-même, c'est un brin délicat.

Ingrid grimaça.

— Je ne sais pas s'il est disponible maintenant… il est très occupé…

Camille se retint de pousser un soupir exaspéré. Les habitants de Mokkjokk aimaient-ils particulièrement les ragots, ou était-ce partout pareil ?! Une chose était sûre, elle n'obtiendrait pas le numéro sans en dire un peu plus. Elle effectua rapidement le calcul risques/bénéfices dans sa tête et estima que dévoiler son plan à Ingrid ne mettait pas en péril sa mission. Elle se rapprocha d'elle et baissa la voix.

— Je voudrais que les journalistes fourrent leur nez dans cette histoire de meurtre. Je suis persuadée que Caisa n'est pas coupable. La police n'a même pas pris la peine de faire une enquête ! On dirait que cette accusation arrange tout le monde.

Une expression consternée se lut sur le visage d'Ingrid. L'audace de Camille dépassait de loin tout ce qu'elle avait pu entendre jusqu'à présent. Elle regarda autour d'elle pour s'assurer que personne n'écoutait leur conversation. Était-il possible que sa charmante petite ville soit gangrenée par des flics ripoux qui éliminaient leurs opposants ? Puis l'excitation s'empara d'elle. Si tel était le cas, elle voulait être celle grâce à qui la lumière s'était faite !

— OK, je prends ma pause. Rejoins-moi à l'arrière du bâtiment, on va l'appeler immédiatement, dit-elle, une lueur avide dans les yeux.

Camille se félicita pour sa clairvoyance. Si son idée fonctionnait, cela allait lui fournir assez de temps pour récolter plus de données et peut-être même inciter la police à enfin faire son travail. Sherlock Holmes serait fier d'elle !

Chapitre 13

Camille n'en revenait toujours pas. Le cousin d'Ingrid avait tout de suite sauté sur l'occasion, en affirmant que ce dossier allait le rendre célèbre. Pour s'assurer que le journaliste se mette rapidement au travail, elle avait prétendu avoir plusieurs contacts au sein des grands quotidiens nationaux et qu'elle n'hésiterait pas à les informer de l'affaire si son article n'allait pas assez vite !

À bord de sa voiture, chauffage à fond, elle conduisait vers la scierie, pour tenter de répondre à cette question qui ne cessait de l'obnubiler : pourquoi Anna s'était-elle fait virer ?

Après avoir slalomé une nouvelle fois entre les tas de troncs, elle se gara juste en face de l'entrée principale, notant une animation plus importante que lors de sa dernière visite. Les choses avaient-elles repris leur cours normal maintenant qu'Anna était à la direction de l'entreprise ? Elle franchit la porte d'un pas pressé et s'engouffra avec soulagement à l'intérieur du bâtiment chauffé. Le ciel s'était complètement dégagé et les températures avaient drastiquement chuté. Le thermomètre extérieur indiquait -23 °C.

Elle avança de quelques pas jusqu'à déboucher au milieu d'un grand couloir aux murs gris, éclairé par des néons blafards. Plusieurs portes se succédaient de part et d'autre et Camille n'avait aucune idée de la direction à prendre. Hormis les bruits lointains des machines, le bâtiment semblait vide. Au hasard, elle tourna à droite, en lisant les noms inscrits sur les portes : WC, M. R. Engleson, comptabilité, Mme

M. Petersson, Responsable logistique… Arrivée tout au bout du couloir, elle tomba sur un écriteau « salle de repos ». Sans frapper, elle y entra, avec l'espoir de trouver quelqu'un qui pourrait la renseigner. Trois travailleurs étaient en train de boire un café, assis autour d'une table basse orange, dans de confortables sièges moelleux. L'un d'eux était l'ouvrier avec qui elle avait discuté la dernière fois.

— Bonjour, le salua chaleureusement Camille. Comment allez-vous ?

— Qu'est-ce que vous voulez cette fois ? Ce n'est pas pour postuler comme secrétaire, la patronne m'a dit que personne n'avait déposé de CV ! grommela-t-il avec méfiance.

Mal à l'aise, elle chercha une excuse plausible.

— Justement, je viens parler à Miss Holmgren de… ma possible candidature. Comme j'ai déjà un travail, je dois d'abord m'assurer que les deux horaires sont compatibles… pouvez-vous m'indiquer son bureau ?

Bien que toujours suspicieux, l'ouvrier se détendit légèrement. Il l'avait trouvée fort sympathique la première fois, mais à présent, il était sur ses gardes. La cheffe avait fait une réunion avec tout le personnel le lendemain de sa nomination et avait demandé aux employés de faire attention à la presse. Elle ne voulait pas de mauvaise publicité et les journalistes avaient toujours une fâcheuse tendance à inventer des problèmes là où il n'y en avait pas. Le meurtre du patron de la plus grosse scierie régionale était probablement un sujet croustillant pour eux. Il lui expliqua cependant le chemin en bougonnant.

Camille traversa en sens inverse le long couloir, ouvrit une porte qui donnait sur un escalier et, suivant les instructions, monta à l'étage où se trouvait le bureau d'Anna. Elle frappa et attendit. Une voix féminine assurée lui intima d'entrer.

La pièce était assez grande et regroupait deux tables perpendiculaires. L'une, à présent inoccupée, devait être celle de la secrétaire. Un tableau blanc sur le mur du fond affichait les livraisons et des posters de forêts de pins décoraient le reste de la salle.

Lorsqu'Anna aperçut Camille, son visage devint dur et froid.

— Que voulez-vous ? Si c'est encore pour exposer la vie privée des gens, vous pouvez partir.

En fin stratège, Camille décida de jouer la carte émotionnelle.

— Je suis vraiment désolée, je ne pensais pas à mal, s'excusa-t-elle le plus sincèrement possible. Si j'avais su que votre nomination était un secret, je ne l'aurais jamais divulguée. J'étais certaine de bien faire en vous félicitant.

Le petit nez d'Anna se fronça et ses lèvres se pincèrent dans une expression contrite.

— Comment avez-vous appris que Birgitta est enceinte ? Nous prenons soin de le cacher depuis des semaines !

— Anita vous a vu à l'office de déclaration des naissances. Elle était elle-même à l'hôpital pour des examens de santé. Elle ne savait pas si c'était vous ou votre belle-sœur, mais comme vous avez accepté une coupe de champagne…

Folle de rage, Anna se leva de sa chaise et frappa du poing sur le bureau.

— Vous êtes en train de me dire que vous m'avez fait boire exprès pour découvrir qui de nous deux attendait un enfant?!

La tournure que prenait la conversation n'annonçait rien de bon, mais Camille ne voulait pas se laisser intimider.

— Caisa est mon amie et je suis persuadée qu'elle n'a rien à voir dans ce meurtre ! J'essaie simplement de comprendre ce qui a pu se passer !

En entendant ses mots, Anna se calma quelque peu.

— Très bien. Et vous imaginez que je suis la coupable ? Vous pensez que c'est moi qui ai tué mon propre frère ?

— Je… je sais que vous entretenez une relation avec Caisa. Ne me dites pas que vous croyez aux accusations à son encontre ?!

Anna la regarda droit dans les yeux, sans ciller.

— Si la police en est persuadée, alors moi aussi ! De toute façon, Caisa et moi n'étions plus ensemble depuis plusieurs semaines.

Camille ne s'attendait pas à cette révélation.

— Ah bon ?! Mais pourquoi ?

De nouveau, une lueur de colère illumina la pupille d'Anna.

— Parce que votre « amie », cracha-t-elle en se penchant par-dessus le bureau, se servait de moi depuis le début ! Tout ce qu'elle voulait c'était que je lui donne des informations pour faire tomber mon frère.

Les idées de Camille bouillonnaient. Si Anna avait effectivement découvert des éléments compromettants sur Leif, peut-être était-ce la raison de son licenciement !

— C'est pour cela que Leif vous a virée ? Vous aviez trouvé quelque chose, admettez-le !

Anna se redressa, droite comme un piquet et lui lança un regard assassin.

— Votre frère est mort quelques jours seulement après vous avoir renvoyée, insista Camille. Je suis certaine que c'est lié ! Vous avez découvert quelque chose et êtes venue en parler à Leif qui s'est mis dans une rage folle. Vous vous êtes disputés et il vous a congédiée.

— Et ensuite ? s'enquit Anna en croisant les mains sur sa poitrine.

— À vous de me le dire, répliqua Camille. Vous vous êtes plainte à quelqu'un qui s'est débarrassé de votre frère ou l'avez-vous empoisonné vous-même ? Vous vouliez préserver l'entreprise familiale, mais Leif vous a fait du chantage afin de vous réduire au silence et vous l'avez assassiné pour qu'il arrête…

Pendant un bref instant, les yeux d'Anna s'écarquillèrent, puis son visage retrouva une expression hautaine. Ça avait été si fugace que Camille se demandait même si elle n'avait pas rêvé.

— Vraiment impressionnant. Maintenant, sortez de mon bureau avant que j'appelle mes gars pour qu'ils vous jettent dehors ! Et sachez une chose, on ne s'entendait peut-être pas à merveille, mais Leif était le seul parent qu'il me restait. Jamais je ne l'aurai tué !

Camille, résignée, fit demi-tour de mauvaise grâce. Il n'y avait plus rien à tirer d'Anna. Frustrée de n'avoir toujours aucune preuve concrète, elle repartit.

Elle fit la route du retour sans y prêter attention. Par quel moyen pouvait-elle découvrir les casseroles que se trimbalait Leif ?

Son petit Sherlock imaginaire lui souffla l'idée de s'introduire illégalement dans le logement d'Anna pour y chercher des indices. Après tout, si Anna avait trouvé des éléments compromettants, elle avait dû les consigner quelque part… mais rentrer par effraction chez quelqu'un était d'un tout autre niveau ! D'abord, Anna habitait un appartement, ce qui impliquait des tas de possibles témoins partout autour. Ensuite, Camille ne voulait pas risquer de se retrouver en prison ou de se faire virer du pays. Et enfin, comment allait-elle ouvrir la porte ? Elle se prenait peut-être pour une détective, mais déverrouiller une serrure à l'aide d'une épingle à cheveux ne faisait pas partie de ses compétences !

Il fallait qu'elle trouve un autre moyen pour obtenir des réponses. Les filles du club de lecture avaient dit que Fredrick et Anna avaient toujours été amis et que le bibliothécaire était amoureux d'elle. Peut-être lui avait-elle confié quelque chose ? Accepterait-il de parler ? Rien n'était moins sûr. La loyauté d'un homme passionné pouvait être à toute épreuve…

Chapitre 14

Un bouquet de fleurs à la main et une bouteille de liqueur dans l'autre, Camille passa la porte du *Fika d'Anita* munie d'une moue repentante. Anita était en train de nettoyer les tables et semblait de mauvaise humeur.

— Je suis vraiment désolée, murmura Camille en lui tendant les roses et en baissant les yeux.

Anita soupira, résignée. Elle n'arrivait jamais à rester en colère très longtemps. C'était pareil avec son fils, même après une énorme bêtise comme trafiquer de la drogue, elle avait été incapable de lui en vouloir. Elle se disait parfois que si elle avait été plus ferme, les choses auraient été différentes.

Elle prit les fleurs en faisant les gros yeux à Camille. Les problèmes devaient rester au vestiaire et elle exigeait le meilleur service pour ses clients !

— Promis, dorénavant, je laisserai de côté l'enquête pendant mes heures de travail.

Anita avait ouvert ce salon de thé juste après la mort de son fils. Ce projet avait été une véritable thérapie qui lui avait permis de remonter la pente petit à petit. Toute son énergie et son temps y étaient passés et encore aujourd'hui, elle y consacrait sa vie. Il n'était pas question qu'un caillou se mette dans le rouage bien huilé de son commerce, meurtre ou pas ! Si elle était contente d'aider Camille dans son enquête, elle ne voulait en aucun cas que le service en pâtisse.

Elle se détendit presque instantanément devant la mine penaude de son amie et l'invita à inaugurer la bouteille de liqueur. La journée était presque terminée et elle méritait bien un chocolat chaud un peu corsé.

— Alors, dis-moi, qu'est-ce qui te perturbait autant tout à l'heure ? s'enquit-elle avec une moustache lactée sur le dessus de sa bouche.

Camille lui relata ce qu'il s'était passé avec le cousin d'Ingrid, ainsi que son entretien avec Anna, puis, légèrement mal à l'aise, elle lui demanda si elle serait capable de tirer quelque chose de Fredrick.

— Tu penses que Fredrick est impliqué ?

— Non, mais il sait peut-être quelque chose qui peut nous aider. Comme Anna et lui sont proches, elle s'est peut-être confiée à lui ?

— C'est possible, mais tu n'obtiendras rien de lui et moi non plus. Fredrick est quelqu'un de droit et de dévoué, il te verra venir à deux cents mètres.

— Je m'en doutais un peu, avoua Camille d'un ton déçu. Mais que suis-je censée faire ? Ça fait cinq jours que le corps de Leif a été découvert et je n'ai toujours rien de concret.

Anita haussa les épaules en finissant son chocolat.

— Le journaliste va peut-être faire avancer les choses.

Deux clients pénétrèrent dans le salon de thé, mettant fin à leur conversation. Camille quitta les lieux, plus déprimée que jamais. Son rendez-vous chez la coiffeuse Katarzyna était son dernier espoir. Avant de s'y rendre, prise d'une soudaine inspiration, elle retira du liquide à l'unique distributeur de la ville.

Malgré le froid mordant, la courte marche jusqu'au salon de coiffure lui fit un bien fou. Le ciel dégagé étincelait d'étoiles et les lumières de Noël éclairaient les trottoirs gelés. Quelques touristes se promenaient en admirant les vitrines des trois boutiques de souvenirs de Mokkjokk. L'atmosphère si particulière qui régnait pendant les fêtes emplissait l'air ambiant. En fermant les yeux, elle aurait presque pu sentir les épices de vin chaud et l'odeur des aiguilles de pin. Une certaine sérénité s'insuffla en elle, portée par cette allégresse si particulière durant Noël. La vérité était là, quelque part, il ne restait plus qu'à la trouver !

— Qu'est-ce que je vous fais ? demanda une voix rocailleuse.

— Heu… taillez-moi juste les pointes, s'il vous plaît.

Katarzyna soupira. Quand elle rêvait de faire des coiffures un peu fun et originales, les clientes ne souhaitaient que des brushings, des couleurs naturelles et d'insignifiantes coupes sages. Elle avait inauguré son salon dix ans auparavant, mue par d'importants désirs de succès, mais jamais elle n'aurait imaginé être toujours coincée dans cette ville après tout ce temps. Son plan était de commencer petit, puis de s'agrandir en ouvrant plusieurs boutiques dans la région, voire dans tout le pays ! Son mari, qui travaillait à la mine, la soutenait et croyait en elle, pourtant, force était de constater que ses ambitions avaient vite été balayées par la frilosité de sa clientèle et les nombreux coiffeurs des environs.

— J'ai entendu dire que vous étiez polonaise, dit Camille pour engager la conversation.

— Oui, confirma Katarzyna sans rien ajouter d'autre.

Ça n'allait pas être facile de la faire parler.

— Moi, je suis française et j'avoue que parfois, je me languis de ma région. Surtout pour les fromages ! Et vous ?

— Je n'aime pas le fromage.

— Heu… et votre pays vous manque ?

Bavarder avec les clientes et toujours devoir être souriante étaient ce que Katarzyna appréciait le moins dans son métier. Elle aurait préféré coiffer des mannequins muets. Cependant, elle ne pouvait pas décemment ignorer cette rouquine qui tenait absolument à lui faire la conversation. Lasse, elle se força à discuter.

— Effectivement, je suis très nostalgique de la Pologne. C'est magnifique là-bas, vous y êtes déjà allée ?

— Jamais… Avez-vous des compatriotes à Mokkjokk ? Moi, je ne supporte pas les Français en France, mais ici, quand j'en croise, je suis super contente.

— Vous avez de la chance alors, il y a de plus en plus de Français qui viennent en Laponie, répondit la coiffeuse tout en coupant habilement les jolies pointes rousses de Camille.

— Vous rencontrez souvent des Polonais ? insista celle-ci.

— Il y en a quelques-uns dans la région. Je les croise de temps en temps.

Décidément, cette coiffeuse n'était pas du genre bavarde, se languit Camille, droite comme un I dans le fauteuil tournant.

— Je crois que l'épouse de M. Holmgren est polonaise, non ? tenta-t-elle sur le ton de la conversation.

Katarzyna lui renvoya un sourire crispé.

— C'est vraiment terrible ce qui est arrivé à son mari, surtout qu'elle est enceinte ! Quelle tragédie ! continua Camille.

Les mains de la coiffeuse se figèrent. Cette cliente ne cherchait que les ragots, mais ce n'était certainement pas avec elle qu'elle trouverait satisfaction. Sans répondre, elle se remit à tailler les pointes d'un air concentré.

Camille, frustrée devant son silence borné, décida de rester tranquille. Elle voulait tenter une dernière tactique, mais pas avant que sa coupe de cheveux ne soit terminée. Il n'était pas question d'avoir un côté plus court que l'autre ! Elle prit donc son mal en patience et quand Katarzyna lui fit savoir que c'était terminé, elle joua le tout pour le tout.

— Je vous dois combien ? s'enquit-elle d'un air innocent.

— 200 couronnes, s'il vous plaît.

— Et pour des informations sur Birgitta Holmgren ? lâcha-t-elle en essayant d'afficher une confiance sans faille, une main dans son porte-monnaie.

Interloqué, le regard de Katarzyna s'arrêta quelques secondes sur la main de Camille. Puis, elle fit un geste de la tête vers les billets en demandant ce qu'elle désirait savoir.

La technique fonctionne ! jubila-t-elle intérieurement. Pour un peu, elle se serait crue dans un film d'espionnage.

— Qui est le père du bébé ?

— Mme Holmgren est enceinte ?

— Elle ne vous l'avait pas dit ?

— Je suis sa coiffeuse, pas sa confidente, répliqua Katarzyna avec une moue hautaine. Est-ce que tous les Français du coin viennent vous raconter leurs petits secrets ?

Voilà qui était fâcheux, pensa Camille, mais peut-être pouvait-elle tout de même tirer quelques renseignements utiles.

— À votre avis, pourquoi cache-t-elle sa grossesse ?

Les sourcils dessinés au crayon de son interlocutrice se levèrent d'un air concentré. Cette conversation ne lui plaisait pas beaucoup, mais après tout, il y avait de l'argent à se faire.

— Je sais que son mari ne désirait pas d'enfant, il n'en a jamais voulu. Il avait même forcé sa femme à avorter au tout début de leur relation, alors que Birgitta, elle, a toujours rêvé d'avoir une grande famille.

— Donc M. Holmgren n'était pas au courant pour le bébé !

La coiffeuse haussa les épaules.

— Mais, pourquoi ne pas divorcer si Leif et elle ne partageaient pas les mêmes envies ? continua Camille.

— Les parents de Birgitta sont très croyants et la séparation est très mal vue en Pologne. Si elle avait fait cela, il est certain que sa famille l'aurait reniée. Qu'aurait-elle fait, seule, sans travail, avec un enfant à charge ? Passer de la vie de riche femme au foyer à celle de mère célibataire pauvre n'était probablement pas dans ses plans.

Camille tiqua.

— Pensez-vous qu'elle aurait pu avoir un amant ?

— Si c'est le cas, elle ne me l'a pas confié. Mais, c'est vrai que je l'ai vue un peu plus souvent ces derniers mois. Peut-être voulait-elle plaire à un homme, qui sait ! Maintenant, puis-je avoir mon argent ?

— Une dernière chose, conclut Camille. Quelle était la relation entre Anna et Birgitta avant la grossesse ?

— Mme Holmgren n'aime personne. Elle pensait que sa belle-sœur était une vieille fille idiote et insipide. Maintenant, mon fric, si tu veux d'autres infos, ma belle, il va falloir payer plus !

Camille lui tendit les billets sans broncher. Même si l'amabilité de cette femme était très limitée, elle lui avait donné bien plus de renseignements que ce qu'elle espérait et elle avait hâte de retourner chez elle pour remplir son tableau.

Chapitre 15

Camille s'éveilla sur son canapé, encore habillée de ses vêtements de la veille. Une demi-pizza froide trônait sur la table basse dans un carton parsemé de taches d'huile et son tableau d'enquête était perché sur le fauteuil à côté du sofa. La jeune femme se passa la main sur le visage, puis chercha son téléphone pour regarder l'heure. Son réveil n'allait pas tarder à sonner. Elle s'était endormie sans même s'en rendre compte, en réfléchissant aux données qu'elle avait récoltées la veille. Tandis qu'elle s'asseyait, elle regretta amèrement d'avoir eu la flemme d'aller dans son lit. Le canapé n'était pas très confortable et son dos le lui faisait payer. Elle n'avait plus vingt ans ! Elle se leva doucement, s'étira, puis alla se faire un thé, mais alors qu'elle s'apprêtait à tremper le sachet dans sa tasse d'eau chaude, elle se ravisa : un café lui serait plus bénéfique ! Les évènements et le stress des derniers jours l'avaient épuisée. Elle aurait bien fumé une cigarette pour décompresser, mais préféra se jeter sur une part de pizza froide à la place.

Invariablement depuis presque une semaine, ses pensées dérivaient sur l'enquête. Les éléments qu'elle avait ajoutés au tableau la menaient toujours un peu plus vers la supposition que Birgitta et Anna avaient planifié le meurtre ensemble. Les deux belles-sœurs, d'ordinaire distantes l'une envers l'autre, s'entendaient soudainement comme cul et chemise.

Pour Camille, tout était clair : Birgitta était tombée enceinte, tandis que Leif ne voulait pas d'enfant. Elle s'était donc tournée vers sa belle-sœur, Anna, qui avait accepté de cacher sa grossesse jusqu'à ce que le délai légal d'avortement soit passé. Sauf qu'entre-temps, Anna avait appris quelque chose de préjudiciable sur son frère — quoi ? cela restait à trouver —, et avait décidé de le confronter pour l'arrêter, le dénoncer, c'était à déterminer.

Afin de se protéger, Leif avait licencié sa sœur, certainement au moyen d'un chantage ou d'une pression quelconque.

Démunie, Anna s'était alors alliée à Birgitta afin d'éliminer leur problème commun, à savoir Leif Holmgren. Celle-ci pouvait alors élever son enfant en paix avec la garantie de n'avoir aucun problème d'argent, étant donné qu'elle avait hérité de la scierie et Anna avait réintégré l'entreprise en tant que directrice. Pour couronner le tout, cette dernière avait profité de l'influence et des nombreux contacts de son frère pour faire porter le chapeau à Caisa qui s'était servie d'elle sans vergogne.

Sa théorie tenait parfaitement la route. La difficulté était maintenant de la vérifier et de trouver si oui ou non, Birgitta avait un amant qui aurait pu être impliqué dans leurs plans. Malheureusement, elle n'avait pu réunir aucune preuve matérielle et puis d'ailleurs, comment pourrait-elle lutter contre des flics pourris ? Son seul espoir reposait sur le cousin d'Ingrid, Bernie Freud, qu'il dévoile le scandale et mette un coup de pied dans la fourmilière !

Elle regarda l'heure et décida de lui passer un petit coup de téléphone, histoire de s'assurer qu'il jouait bien son rôle. Les Suédois étant des lève-tôt, elle était certaine de pouvoir le joindre et fut très déçue de tomber sur son répondeur.

— Bonjour, c'est Camille. Je souhaite savoir où vous en êtes. J'ai besoin que les choses avancent vite, vous comprenez… Mon amie est derrière les barreaux en attendant son procès et il est capital que son calvaire se termine au plus tôt. Rappelez-moi, c'est urgent !

À peine deux minutes plus tard, un SMS du journaliste l'informa qu'il souhaitait une entrevue avec elle et ils convinrent par messages interposés de se retrouver en fin de journée, après le service de Camille. Une excellente nouvelle !

Mais son allégresse fut de courte durée. Lorsqu'elle sortit de son immeuble, elle eut la mauvaise surprise de découvrir sa voiture, garée devant la porte, avec les quatre pneus crevés ! Un morceau de papier était coincé sous l'un des essuie-glaces. Scandalisée, Camille le prit et le déplia. Des lettres découpées dans des magazines formaient une phrase sans équivoque : « *occupez-vous de vos affaires* ».

Son sang se glaça et elle tourna la tête de droite à gauche pour voir si quelqu'un l'observait. Une vieille dame toute ratatinée passait justement devant elle, s'appuyant sur un déambulateur muni de skis. Elle s'arrêta les yeux fixés sur les pneus crevés, puis reporta son attention sur Camille, émit un petit rire joyeux, avant de reprendre son chemin.

Le cœur cognant comme un fou contre sa poitrine, Camille sentit des larmes lui picoter les paupières. Comment allait-elle payer les réparations ? fut la première question qui lui vint à l'esprit. Puis le danger de la situation la heurta de plein fouet. Ce sabotage était clairement un avertissement et si elle continuait son enquête, il risquait de lui arriver malheur !

Soudain, une main se posa sur son épaule et elle hurla de peur. Anita, qui ne s'attendait pas à une telle réaction, cria à son tour dans une cacophonie assourdissante.

— Anita, tu m'as fait une de ces peurs, haleta Camille, la main sur le cœur et les joues baignées de larmes. Regarde !

Elle tendit le mot à son amie d'une main tremblante.

— Tu n'as rien remarqué quand tu es arrivée ce matin ?

— Je suis désolée, mais il faisait nuit noire et avant mes deux cafés, je ne suis bonne à rien, regretta Anita en lui caressant le dos pour la réconforter. As-tu une idée de qui a fait ça ?

Camille secoua la tête.

— Viens à l'intérieur, tu trembles comme une feuille.

Une tasse de thé bien chaud dans les mains, Camille essayait de se remettre du choc. Elle avait froid et son corps ne cessait de frémir. Depuis qu'elle avait débuté son enquête, pas une seconde, elle ne s'était inquiétée du danger que cela pouvait impliquer. Son unique but avait été de trouver le véritable assassin et d'innocenter Caisa. À présent qu'elle était face à cette tentative d'intimidation — qui par ailleurs fonctionnait très bien —, elle se rendait compte qu'elle avait pris les choses un peu trop à la légère. Traquer un tueur n'avait rien d'une balade de santé et les gens appréciaient rarement qu'on fouille dans leurs vies !

Anita lui caressa tendrement les mains, ce qui la sortit de ses réflexions.

— Je pense que tu devrais aller voir la police, ma chérie.

— La police ? Mais c'est à cause d'eux que j'enquête ! Ils sont probablement de mèche avec le meurtrier !

— Une pomme pourrie ne veut pas dire que tout l'arbre l'est également. Et puis, si tu veux pouvoir te faire rembourser par ton assurance, il va te falloir un constat de vandalisme.

Évidemment, dit comme cela… Elle pouvait compter sur Anita pour garder la tête sur les épaules et l'empêcher de sombrer dans la paranoïa ! Elle inspira un grand coup, but son thé et se leva.

— Tu as raison, j'y vais de ce pas et je reviens dès que j'ai terminé. Merci, Anita, chuchota-t-elle en la serrant dans ses bras.

L'air était si froid que Camille faillit faire demi-tour ! Le ciel était gris et bas et la neige menaçait. Ce temps qu'elle aurait adoré habituellement lui paraissait aujourd'hui de mauvais augure. Pressant le pas, la tête enfoncée dans sa grosse écharpe en laine, elle prit la direction du commissariat.

L'avantage dans un petit village tel que Mokkjokk était que tout était accessible à pied en moins de quinze minutes. Les rues étaient larges, les trottoirs bien dégagés et les immeubles les plus hauts avaient au maximum deux étages. La population, composée à parts égales de jeunes couples avec enfants, de travailleurs et de retraités, cohabitait dans le calme et le respect des règles… Enfin, en apparence ! se dit amèrement Camille.

En temps normal, le commissariat n'était ouvert que deux jours par semaine, de 8 h à 15 h, mais les récents évènements avaient poussé les autorités à être plus présentes. Lorsqu'elle arriva, le bâtiment beige estampillé du logo de la police était éclairé.

Une secrétaire vêtue de l'uniforme bleu réglementaire réclama avec autorité l'objet de sa visite.

— Je veux déposer plainte pour intimidation et dégradation de biens privés.

— Votre nom, s'il vous plaît ?

— Camille Dubon.

La secrétaire la dévisagea, un sourcil dubitatif levé haut sur son front, avant de lui indiquer les sièges en face du comptoir. Cinq minutes plus tard, une brigadière, petite, aux cheveux marron lissés et attachés en un chignon bas impeccable, vint la chercher sans un sourire. Camille la suivit docilement jusqu'à un cagibi sans fenêtre, où un bureau et trois chaises étaient disposés. Elle s'assit et patienta, mal à l'aise, tandis que la femme refermait la porte. Elle n'était jamais allée dans un commissariat en Suède, ni même en France et ne savait pas du tout à quoi s'attendre. Fugacement, l'image d'une cigarette passa dans son esprit.

Au bout d'un long moment, la policière revint, accompagnée de son collègue, un homme grand avec un petit cou et un visage de souris, le même qui avait interrogé Anita après sa découverte du cadavre de Leif. Aucun des deux ne souriait. La femme resta près de la porte, un peu en retrait, tandis qu'il s'assit directement sur le bureau, la tête tournée vers Camille.

— Alors, Mademoiselle… Dubon, c'est bien ça ? Camille Dubon, dit-il en ouvrant un dossier bleu qu'il avait apporté. De nationalité française… Vous aimez le fromage de la région ?

La brigadière émit un petit rire. Camille, elle, ne répondit pas, tiraillée par l'affreuse impression que cet entretien n'avait rien de conventionnel.

— Quelqu'un vous aurait prétendument intimidée. Pouvez-vous nous en dire plus ? poursuivit-il, le visage impassible.

Camille sortit le papier de menace de sa poche et le lui tendit. Il le donna directement à sa collègue, sans même le lire. La femme le déplia, le parcourut des yeux, puis le rendit à son confrère sans aucun commentaire.

— Je l'ai trouvé coincé sous mon essuie-glace ce matin et les quatre pneus de ma voiture étaient crevés.

— Je vois. Êtes-vous allée à la scierie Holmgren hier après-midi, Mademoiselle Dubon ?

Interloquée par la question, Camille répondit d'une voix méfiante par l'affirmative, tandis qu'une petite alarme se mit à sonner dans son cerveau.

— Ce n'était pas la première fois, n'est-ce pas ? Un ouvrier vous a reconnue et soutient que vous souhaitiez postuler comme secrétaire.

La tournure que prenait cet entretien n'annonçait rien de bon. Sa plainte se transformait en accusations contre elle !

— Figurez-vous qu'Anna Holmgren, ainsi que sa belle-sœur, Birgitta Holmgren, ont elles aussi déposé une main courante hier dans la soirée. Savez-vous pourquoi ?

Camille fixait le policier en gardant le silence. Un sourire malsain éclairait son visage et il fit un geste à sa collègue qui vint se placer à côté de lui, le regard railleur.

— Qu'est-ce que ça a à voir avec ma plainte pour intimidation ? risqua-t-elle.

— Répondez à la question ! répliqua sèchement la brigadière.

Décidée à ne pas se laisser intimider, Camille croisa les bras sur sa poitrine d'un air buté. Cet inspecteur était chargé de l'affaire Holmgren et si son instinct ne l'avait pas trompée, il était de connivence avec le meurtrier ! Mieux valait garder son calme et surtout, ne pas répondre à ses attaques ! Une pointe de stress se faufila dans son ventre, mais elle refusa de céder à la panique.

— Très bien, grinça-t-il, sachez que garder le silence ne vous aidera pas.

— Suis-je poursuivie pour quelque chose ? se braqua Camille, la gorge serrée.

— En effet, Mademoiselle Dubon, déclara le policier d'une voix plus que satisfaite. Ces dames ont porté plainte pour harcèlement et diffamation. Apparemment, vous les accusez du meurtre de M. Leif Holmgren. Des témoins nous ont dit que vous les aviez interrogés pour leur soutirer des informations. Admettez-le, vous êtes une petite fouineuse…

La colère et l'indignation prirent le dessus sur son stress. L'injustice l'avait toujours révoltée et elle ne comptait pas se laisser faire.

— Je cherche simplement la vérité ! Aucune enquête sérieuse n'a été menée et Caisa a été mise en examen à tort !

— Attention, Mademoiselle Dubon, vous parlez à des policiers, avertit la brigadière en se redressant d'un air menaçant. Des preuves matérielles incontestables ont été réunies et l'inculpation de l'accusée est justifiée ! Je vous conseille de ne plus fourrer votre nez dans cette affaire ou vous serez à votre tour poursuivie, est-ce assez clair ?

L'inspecteur balança sur la table une injonction d'éloignement d'Anna et Birgitta Holmgren. Abasourdie, Camille lut le document. Ses mains tremblaient, mais elle trouva le courage de relever dignement la tête.

— Et ma plainte pour intimidation ? Et mes pneus ?

Sa gorge serrée faisait vaciller sa voix, mais elle soutint le regard railleur des policiers.

— Vous avez dû les crever quand vous êtes allée à la scierie, ça arrive tout le temps ! Maudites échardes, grosses comme des couteaux ! se moqua l'inspecteur. À présent, si vous voulez bien nous excuser, nous avons une enquête à mener.

Il posa sa main dans le dos de Camille en la poussant vers la sortie. Écœurée, elle n'insista pas et se leva. Que pouvait-elle faire ? Si ces deux agents refusaient de prendre sa plainte, il était impossible de les forcer ! Elle gagnerait du temps à le faire dans une autre ville… Malheureusement, les effectifs de police étaient assez réduits dans la région et il y avait de grandes chances qu'elle tombe encore sur eux !

— N'oubliez pas votre injonction, Mademoiselle Dubon, susurra l'inspecteur avant qu'elle ne franchisse la porte.

Lorsque Camille se retrouva hors du bâtiment, le soleil entamait déjà sa descente. Elle avait froid et se sentait extrêmement lasse. Elle mit les mains dans ses poches et ses doigts effleurèrent un petit objet métallique. C'en était trop pour elle ! Sans attendre, elle se dirigea vers le supermarché où elle acheta un paquet de cigarettes.

Chapitre 16

Camille ne voulait surtout pas qu'Anita la voie fumer et elle alla se cacher derrière le supermarché. C'était bête, mais elle se sentait un peu honteuse d'avoir craqué et ne tenait pas à ce qu'on la prenne en flagrant délit !

Ça avait toujours été facile de stopper la cigarette lorsqu'elle le décidait, mais immanquablement, elle retombait dedans avec le stress. La fumée de sa première bouffée lui apporta bien-être et apaisement. Elle en inspira une deuxième, puis une troisième, tandis que son niveau d'anxiété descendait petit à petit. À la moitié, ses mains commencèrent à geler et elle se dépêcha de finir avant de ne plus sentir ses extrémités. Le froid lui permettrait peut-être de ne pas reprendre complètement, se dit-elle avec espoir.

Une fois le mégot jeté à la poubelle, elle se dirigea vers le salon de thé en agitant vivement les bras autour d'elle pour faire partir l'odeur âcre. La morosité la rattrapa à la vue de sa voiture.

Au Fika d'Anita était plein à craquer, mais même la douce chaleur et les effluves sucrés ne parvinrent pas à la réconforter. Elle enfila son uniforme en essuyant une petite larme au coin de son œil, colla un sourire sur son visage et alla prêter main-forte à une Anita débordée. Elle avait promis : les problèmes restaient dehors pendant le service. Son amie lui adressa un sourire encourageant avant de filer en cuisine pour préparer les nombreuses commandes en attente.

— Alors, ma chérie, comment ça s'est passé ? demanda Anita après le coup de feu.

— Très mal. Anna et Birgitta ont déposé une main courante contre moi pour harcèlement et diffamation. J'ai une ordonnance d'éloignement, s'indigna-t-elle en lui tendant le papier. En plus, les policiers ont refusé de prendre ma plainte, donc je l'ai dans le baba !

— C'est quoi cette histoire ? C'est une blague ?!

Anita, outrée, se leva violemment de sa chaise et se dirigea vers les vestiaires.

— Je vais dire à Anna ma façon de penser ! explosa-t-elle. Il n'est pas question qu'elle se comporte de cette manière ! Je l'ai connue alors qu'elle portait encore des couches !

Quand elle ressortit avec son manteau sur les épaules, elle faillit heurter un homme plutôt rond, à la barbe de trois jours et dont le front était largement dégarni. Son trench long en laine marron foncé et son chapeau Panama en feutre lui donnaient un look de détective.

— Oh désolée, s'excusa-t-elle, confuse. Bienvenue.

La quasi-collision avec cet homme avait freiné son élan et elle repartit mettre ses affaires dans le vestiaire. Camille se leva et invita le client à commander directement au comptoir derrière lequel elle se posta.

— Vous êtes Camille ? demanda-t-il. Je suis le cousin d'Ingrid, Bernie. Elle m'a dit que je vous trouverai ici.

L'indignation lui avait fait oublier son entretien avec le journaliste ! Elle présenta le journaliste à Anita, puis s'installa avec lui autour une table dans le fond de la pièce, deux tasses de café fumant devant eux.

— Premièrement, dit Bernie en parlant sur le ton de la confidence, je voulais vous remercier pour ce tuyau. Cette affaire est sans nul doute un sacré scoop. J'ai une connaissance dans la police qui m'a montré le dossier de

Caisa Tuorda et il est clair que cette enquête comporte de grosses lacunes. Je suppose que si vous m'avez contacté, c'est que vous avez une théorie sur ce qui s'est réellement passé ? Pouvez-vous m'en dire plus ?

Camille le dévisagea. Une assurance ainsi qu'un soupçon de condescendance transparaissaient dans ses traits. Dans sa voix sonnait l'avidité de savoir et son instinct lui susurra de faire confiance à cet homme. Après tout, elle l'avait appelé seulement hier après-midi et il était déjà au travail, face à elle, prêt à entendre ce qu'elle avait à dire. De toute façon, elle n'avait pas d'autre alternative pour arriver à ses fins. L'injonction d'éloignement l'empêchait d'interroger Anna, Birgitta ou même leurs proches et la police l'avait à l'œil. Il lui fallait une aide extérieure qui puisse débloquer un peu les choses.

— Vous allez écrire un reportage sur les évènements ? demanda-t-elle en réponse à sa question.

Bernie la regarda droit dans les yeux.

— Tout va dépendre de ce que vous allez me dire. Une affaire de corruption n'est pas à prendre à la légère et un article pourrait provoquer ma réussite tout comme ma perte !

Camille lui exposa sa théorie et ce par quoi elle était passée, jusqu'aux évènements de sa matinée avec l'incident de sa voiture. Bernie avait sorti pour l'occasion un petit magnétophone et un carnet de notes dans lequel il griffonnait rapidement en l'écoutant.

Quand elle eut terminé son récit, elle le dévisagea, pleine d'espoir.

— Alors, vous allez publier un article ?

Bernie posa lentement son stylo, le visage crispé par la concentration.

— De toute évidence, vous avez pointé le doigt sur quelque chose d'important, sinon, pourquoi vous menacer ?!

Je pense donc pouvoir affirmer que je vais bel et bien mettre en lumière les malversations de cette affaire.

Camille se retint de se jeter à son cou et le remercia chaleureusement en lui secouant la main avec bonheur.

— Quand va-t-il paraître ?

— Dès demain, affirma Bernie d'un ton suffisant. J'ai déjà rédigé une ébauche, mais je souhaitais d'abord entendre votre version des faits. Si j'étais vous, j'irais passer le week-end ailleurs. Les personnes qui s'en sont prises à votre voiture pourraient mal réagir en découvrant l'article. Ce serait dommage d'avoir un autre cadavre à Mokkjokk.

— Vous voulez dire que Camille est en danger de mort ?! s'étrangla Anita qui avait écouté discrètement toute la conversation.

Il bomba son torse dodu.

— Un meurtre a été commis dans cette ville et le coupable se balade librement dans les rues. Grâce à mon travail, les forces de l'ordre seront obligées de faire un peu de ménage et de s'attaquer de front au problème. Elles n'aiment pas beaucoup les scandales et la situation peut bouger très vite. Mais en attendant, Mademoiselle Dubon devrait s'éloigner un peu.

Jamais Camille n'aurait imaginé que les choses aillent si loin, cependant, ce raisonnement était logique. Aussi, elle se sentait ébranlée par la menace de ce matin et ne voulait surtout pas revivre ça.

— Je pourrais passer le week-end chez des amis, qu'en penses-tu, Anita ? Tu pourras t'en sortir sans moi ?

— Bien évidemment, ma chérie, ça fait presque quinze ans que je tiens ce salon de thé, je saurai me débrouiller seule pendant une journée.

Chapitre 17

Anita avait accepté de prêter sa voiture à Camille en attendant que ses pneus soient changés ce qui, d'après le garagiste, devrait être fait après le week-end.

À présent, à presque cinquante kilomètres de Mokkjokk, la tension de cette journée cauchemardesque commençait enfin à baisser. Elle remerciait intérieurement Bernie de lui avoir conseillé de s'éloigner. Au cœur de l'action, elle ne s'était pas aperçue du stress accumulé, mais maintenant que la pression libérait enfin ses muscles, elle réalisait la pression accumulée.

La route glacée, bordée de pins enneigés et plongée dans l'obscurité, défilait rapidement. Camille se dirigeait vers le nord pour rejoindre des amis mushers. Lorsqu'elle était avec Ian, il leur arrivait de temps en temps d'avoir besoin de chiens supplémentaires pour pouvoir faire des tours avec de gros groupes de touristes. Ils en empruntaient alors à Stina et Matt, un couple de mushers installé non loin de chez eux. Camille avait toujours gardé contact, malgré sa séparation avec son ex.

Un grand panneau en bois sculpté indiquait la direction de *Mush Passion* et elle tourna sur la petite route qui descendait en pente douce vers un lac. Des chenils bordaient le parking sur la droite, tandis que la maison de Stina et Matt se dressait au bord de l'eau. Quand elle sortit de la voiture, les aboiements d'une cinquantaine de canidés excités l'accueillirent en une joyeuse cacophonie. Ses deux amis étaient en train de leur distribuer à manger, une opération qui prenait une bonne heure ! Très à cheval sur la qualité de la nourriture, Matt et Stina mélangeaient des morceaux de viande congelée à un peu d'eau chaude qu'ils répartissaient ensuite à chaque chien selon ses besoins. Sachant qu'un animal qui travaille mange environ un kilo par jour, les mushers passaient un temps considérable à soigner la meute matin et soir.

Camille vint à leur rencontre et les embrassa chaleureusement, avant de les aider. Ce travail physique lui faisait un bien fou et lui rappelait de nombreux souvenirs. Même si son histoire avec Ian s'était mal terminée, elle avait apprécié les moments privilégiés avec les chiens, ce contact permanent avec la nature et ce sentiment de liberté incroyable qui l'emplissait quand elle était sur un traîneau.

Une fois toutes les corvées achevées, les trois amis se retrouvèrent autour d'un bon repas, arrosé d'un verre de vin.

La maison du couple était plutôt petite et très encombrée. Chaque centimètre carré servait à entreposer du matériel pour les animaux, des vêtements chauds ou des outils. L'intérieur était imprégné de l'odeur des chiens et des poils recouvraient les meubles, la moquette, le canapé… Pour les non-initiés, cela avait de quoi faire froncer le nez, mais Camille appréciait cette ambiance qui lui rappelait de bons souvenirs.

Elle leur conta par le menu dans quoi elle s'était fourrée et pourquoi elle avait déboulé ainsi sans prévenir.

— Ici, tu es en sécurité, c'est ce qui compte, la rassura Stina en lui prenant la main. Et puis demain on t'embarque pour un tour « overnight ». On a un groupe de dix-huit clients et une autre paire de bras ne serait pas de trop pour nous aider. Enfin, si ça te convient ?

— Dix-huit personnes ?! Ce n'est pas un peu beaucoup pour seulement deux mushers ?

Stina haussa les épaules en lui resservant un petit verre de vin, puis elle engagea la conversation sur les chiots de l'année.

Camille ne pouvait rêver mieux qu'un week-end à conduire un traîneau ! C'était idéal pour se ressourcer.

Depuis son arrivée à Mokkjokk, elle n'avait pas encore véritablement profité de la nature. Entre sa recherche de travail, son emménagement et ses débuts au salon de thé, le mois s'était écoulé à vitesse grand V, elle était donc très excitée à l'idée de passer deux jours dans ces paysages qu'elle affectionnait tant.

Avant d'aller se coucher, elle téléphona à Willy pour le mettre au courant des derniers évènements.

— C'est toi qui as prévenu ce journaliste, Bernie Freud ? lui demanda-t-il d'un ton sec.

— Je suis désolée, je sais que tu voulais rester discret sur l'enquête, mais je suis dans une impasse. Je n'ai aucune preuve matérielle et la police protège les Holmgren ! Nous ne jouons pas dans la même cour. Le seul moyen efficace que j'ai trouvé est que les médias mettent à jour les lacunes des recherches et l'acharnement des autorités sur Caisa.

— Je ne fais pas confiance à la presse. Tu as lu leur dernier article ? Tu penses vraiment que ce genre de publicité va nous aider à disculper ma sœur ?

Camille soupira d'impatience. Elle savait ce qu'elle faisait. Sans qu'elle s'explique pourquoi, son instinct lui soufflait de croire ce reporter de province qui rêvait de gros scoops.

— Ce n'est pas à eux que tu dois donner ta confiance, mais à moi. Je t'assure que je fais tout ce que je peux. De toute façon, l'article paraîtra demain, donc on sera vite fixé.

Elle l'entendit marmonner des paroles incompréhensibles.

— Je ne serai pas joignable, je reviens seulement dimanche en fin d'après-midi. Avec ce qu'il s'est passé, Bernie m'a conseillé de m'éloigner un peu quelques jours.

— Très bien, amuse-toi bien alors ! répondit sèchement Willy sur un ton plein de reproches.

Puis il raccrocha.

Camille ne pouvait pas lui en vouloir d'être sur les nerfs. Si elle-même avait une sœur, elle donnerait tout pour la sortir d'un mauvais pas. Il ne restait qu'à espérer que son instinct ne la trompait pas, sans quoi cela signerait la fin de leur amitié et la condamnation de Caisa.

Ce fut sur cette pensée qu'elle s'endormit sur le canapé de ses amis, épuisée par sa journée et emmitouflée dans un sac de couchage qui sentait le chien.

Chapitre 18

Il faisait noir dehors quand Bob, le vieux chien de la maison, vint en douceur renifler son oreille. Engourdie par le sommeil, Camille tenta vainement de l'en empêcher. Elle n'avait aucune idée de l'heure, mais c'était probablement le milieu de la nuit. Bob était tenace et revenait sans cesse lui souffler son haleine fétide au visage. Agacée, elle finit par ouvrir un œil et sursauta en tombant nez à nez avec Matt, hilare.

— Debout, ma vieille, les chiens nous attendent.

Était-il possible que la nuit entière se soit déjà écoulée ?! Elle regarda son portable, six heures du matin. Camille avait oublié comme les journées d'un musher étaient longues. Une douce odeur de café se faufila dans ses narines et elle s'extirpa de son sac de couchage. Le canapé de ses amis était beaucoup plus confortable que le sien et son dos avait l'air en plutôt bon état.

Après un copieux petit-déjeuner, ils se répartirent le travail. Pendant que Stina nourrissait les chiens, Matt préparait le matériel. Camille fut chargée d'empaqueter les vivres. Alors qu'elle était en train de fermer la dernière boîte en métal, elle entendit les toutous aboyer comme des fous pour signaler l'arrivée d'une voiture. Son cœur s'emballa. Par la fenêtre, elle vit Ian, son ex, sortir du véhicule, sourire aux lèvres. Une remorque à chiens était attachée derrière son 4x4 et trois traîneaux étaient harnachés sur le toit. Elle aurait dû s'en douter ! Cinquante huskies pour dix-huit personnes, c'était du jamais vu ! Matt et Stina avaient dû demander à Ian de leur procurer des chiens et du matériel supplémentaire… Ce qui voulait dire que son ancien conjoint allait venir avec eux !

Du temps où Camille et lui étaient ensemble, jamais il n'avait prêté d'animaux sans accompagner l'équipe. Il aimait bien trop ses chiens pour faire confiance à des touristes inattentifs. Voilà donc pourquoi Stina n'avait pas donné plus de détails quand Camille lui avait fait la remarque sur la taille du groupe ! La petite cachotière ! Ce week-end idyllique allait se transformer en cauchemar !

Pour couronner le tout, elle aperçut une magnifique femme sortir du véhicule côté passager et rejoindre Ian en lui enlaçant la main. Le sort s'acharnait…

Camille n'était pas du genre à tergiverser très longtemps avant d'accomplir quelque chose de nécessaire. Elle préférait enlever le pansement d'un coup. Elle sortit sans attendre pour saluer son ex et sa copine. Elle ne savait pas s'il était au courant de sa venue et peut-être serait-il tout autant surpris de la découvrir.

Leur histoire ne s'était pas très bien achevée. Camille reprochait sans cesse à Ian de ne s'intéresser qu'à ses chiens et les discussions terminaient invariablement en disputes monumentales. La dernière fois qu'elle l'avait vu, il quittait la maison, furieux, pour aller se détendre en faisant un tour en traîneau à chiens. À son retour, Camille n'était plus là. Elle avait embarqué toutes ses affaires et pris le premier avion, direction la France. Seul un petit mot gisait sur le comptoir de la cuisine : « *ça ne marche plus, prend soin de toi, Camille* ». Ni l'un ni l'autre n'avaient tenté le moindre contact depuis.

La boule au ventre, un sourire pas forcé plaqué sur le visage, elle s'approcha du couple qui discutait avec Matt et lui tournait le dos.

— Salut Ian, dit-elle d'une voix enrouée, sur un ton qui se voulait chaleureux.

D'un même geste, son ancien conjoint et sa copine se retournèrent et il écarquilla les yeux de surprise.

— Camille ?! Qu'est-ce que tu fous là ?

Celle-ci ne put s'empêcher de rougir. Son ex était toujours aussi beau, avec ses épais sourcils brun foncé et son regard noisette. Il toucha sa barbe de ses mains musclées, geste qu'il faisait lorsqu'il ressentait une vive émotion.

Camille se racla la gorge.

— C'est une longue histoire, mais je vais accompagner Matt et Stina sur le tour. Tu viens aussi ?

La femme qui se tenait aux côtés d'Ian choisit ce moment pour se présenter.

— Nous venons aussi, précisa-t-elle. Enchantée, je suis Viola.

Elles se serrèrent la main et Matt annonça que les clients n'allaient pas tarder à arriver. Il fallait que tout soit prêt dans vingt-cinq minutes. Soulagée, Camille retourna dans la maison pour finir de préparer le ravitaillement. Quand elle eut fini, elle prit son manteau et passa par le garage pour fumer une cigarette loin des regards. Elle avait vraiment besoin d'un petit remontant et soupira d'aise quand la fumée âcre pénétra dans sa gorge. La vue sur le lac gelé recouvert de neige était magnifique.

Si elle avait su que son ex serait présent, elle ne serait pas venue. Elle l'avait aimé plus que tout au monde et avait très mal vécu le fait qu'il privilégie toujours les chiens. Malgré les deux ans écoulés depuis leur séparation, elle en gardait encore une certaine rancune, d'autant plus qu'elle se sentait un peu perdue dans sa propre existence, *« sans travail convenable »*, comme disait son père, sans plan défini pour l'avenir et sans famille. Elle aurait préféré le revoir avec une meilleure situation pour pouvoir se pavaner.

Quand elle se décida enfin à sortir de sa cachette, les voitures des clients descendaient le chemin. Le temps de faire les présentations, de distribuer le matériel et de donner les explications sur la conduite de traîneau, il était déjà midi. Ce large groupe occupait toute l'attention des mushers, ce qui évita à Camille de devoir parler à son ex.

Quand tout le monde fut prêt, neuf luges se suivaient, ainsi que deux motoneiges pilotées par Ian et Viola. Le convoi était impressionnant. Les animaux hurlaient leur impatience de démarrer et tiraient comme des fous sur les longes amarrées au sol.

Camille fermait le cortège, aux commandes de six chiens. L'un des hommes de l'équipe, emmitouflé dans un duvet et une peau de renne, était assis sur son traîneau, ne désirant pas conduire. Elle était aussi excitée que les toutous et patientait avec un sourire béat collé sur les lèvres.

Après une dernière salve de recommandations, Matt donna le départ. Chaque luge partit à quelques minutes d'intervalle et quand celle de Camille bougea enfin, le silence devint assourdissant. Les chiens avaient cessé d'aboyer, entièrement focalisés sur leur course. Une seule et unique chose comptait désormais : tirer.

Camille retrouva ce sentiment de liberté si familier tandis que les traîneaux longeaient lentement le lac pour s'enfoncer dans la forêt boréale. Le soleil offrait un spectacle époustouflant : le ciel était bardé d'un dégradé de rouge et d'orange à couper le souffle.

La piste sinuait à travers les arbres recouverts de leurs manteaux blancs et les skis des traîneaux crissaient sur la neige, tandis que la structure en bois craquait doucement sous l'effort. Des bruits réconfortants pour Camille qui accueillait avec bonheur la sensation d'être une aventurière en expédition. Elle jouait avec son poids en se balançant d'un côté ou de l'autre à chaque virage et courait parfois à côté du traîneau quand une pente trop raide se présentait.

Sa béatitude fut interrompue par une motoneige qui arrivait à vive allure et ralentit quand elle fut à sa hauteur. Les battements de son cœur s'accélérèrent, tandis que le conducteur la regardait à travers son casque intégral. Impossible de voir le visage de Ian, mais elle sentait ses yeux bruns posés sur elle. Puis la deuxième motoneige arriva et son ex accéléra pour se placer devant le groupe.

Les mushers utilisaient souvent des scooters pour accompagner les clients. En cas de problème, il était plus facile d'intervenir avec un véhicule à moteur qu'avec un traîneau à chiens.

Camille reporta son attention sur les paysages, bien décidée à ne pas se laisser gâcher le week-end. Le convoi traversa de nombreux marais, dont les étendues spongieuses étaient figées dans la glace et recouvertes d'une épaisse couche de neige. Les chiens, infatigables, tiraient les traîneaux avec force et passion en trottinant à allure régulière.

Quand la nuit tomba, les mushers allumèrent leurs puissantes lampes frontales, tandis que la lune, bien visible, faisait scintiller les flocons comme des milliers de petits diamants.

Le trajet à la cabane devait durer environ quatre heures et il avait été décidé de prendre une pause à mi-chemin pour boire un jus de fruits rouges chaud, manger un sandwich et échanger les conducteurs des traîneaux. Les motoneiges attendaient déjà au point de rendez-vous et Ian avait fait un gros feu dans la neige pour réchauffer le groupe. Les températures glaciales étaient accentuées par une petite brise soufflant du nord. Des peaux de rennes étaient étalées au sol.

Camille tenta de rester en retrait, mais Ian vint vers elle pour discuter, sous le regard acéré de Viola.

— C'est incroyable de te revoir après tout ce temps, maugréa-t-il les dents serrées. Étant donné la façon dont tu es partie, je ne pensais pas que tu reviendrais dans le coin un jour.

Camille serra les lèvres, sentant poindre l'exaspération.

— Ce n'est pas la Laponie que j'ai voulu quitter, mais toi et tes chiens.

Elle avait haussé un peu le ton et deux clients levèrent les yeux vers eux, surpris. Camille et Ian affichèrent immédiatement un sourire rayonnant sur leurs visages, pour donner le change. Ni l'un ni l'autre n'avaient envie d'être le centre de l'attention.

— Et pourtant te revoilà ici, comme par hasard le jour où je suis chez Stina et Matt ! Avoue que le destin est un sacré farceur. Qu'est-ce qui t'amène ?

Camille n'avait aucune intention de répondre à ses questions et bifurqua sur un sujet qui l'intéressait plus.

— Tu t'es trouvé une nouvelle copine ? Est-ce qu'elle sait qu'elle passera toujours au second plan ?

— Viola est une passionnée, comme moi. Tout est tellement simple avec elle.

Il la gratifia d'un sourire entendu et partit rejoindre sa compagne pour l'embrasser goulument. Écœurée, Camille détourna le regard. De toute évidence, son ex conservait également une certaine rancœur vis-à-vis d'elle et leur relation n'était pas près de s'améliorer ! Mais peu importait, tant que ces retrouvailles surprises ne lui gâchaient pas son week-end.

En fin d'après-midi, après la traversée d'un immense marais, Camille distingua les fenêtres faiblement éclairées d'une cabane en bois. La silhouette sombre de la bâtisse ressortait sur la neige blanche. C'était là que le groupe allait passer la nuit.

Les animaux furent dételés avec l'aide des clients, nourris, puis attachés le long d'une grande corde. Les huskies pouvaient dormir à l'extérieur sans problème par une température jusqu'à -50 °C ! Ultra-adaptée à l'environnement arctique, leur épaisse fourrure les protégeait des intempéries.

Camille laissa ses chiens aux bons soins de Matt et partit se réfugier à l'intérieur. Elle ne sentait plus ni ses pieds ni ses mains ! À l'époque où elle travaillait en tant que musheuse et pouvait ainsi rester dehors pendant des heures sans avoir froid. Ian se moquait tout le temps d'elle pour cela, mais sans ces accessoires indispensables, elle aurait sans doute perdu des orteils !

Elle s'assit près du feu un moment.

— Tu es l'ex de Ian, n'est-ce pas ? demanda Viola qui l'avait suivie.

Camille se tortilla légèrement, mal à l'aise. Elle n'avait pas vraiment envie de faire la connaissance de la nouvelle copine si parfaite de son ancien compagnon.

— Ian était sur les nerfs toute la journée. J'ai compris quand je vous ai vu parler durant la pause.

Camille se terrait dans son silence en gardant le regard rivé sur le feu.

— Je souhaitais juste te dire que pour ma part je n'ai rien contre toi. Vous avez vécu une histoire qui s'est mal terminée et apparemment vous vous en voulez encore, mais je n'ai rien à faire dans cette histoire, alors…

Viola ne finit pas sa phrase et attendit quelques instants avant de retourner dehors avec le reste du groupe. Camille souffla avec humeur. Elle aurait préféré que cette femme ne vienne pas lui parler aussi gentiment pour pouvoir la détester en paix !

Quand ses membres retrouvèrent leur sensation, elle se leva à son tour et alla dans la cuisine préparer le repas.

Chapitre 19

Camille aurait pu se comporter comme une adulte mature et responsable en choisissant de pardonner à Ian d'être un musher passionné. Malheureusement, un cœur brisé n'agissait pas toujours avec intelligence, aussi elle passa le reste du tour à éviter le couple « *Vianla* » (Viola + Ian), jusqu'à leur retour à Mush Passion. Son ex avait probablement décidé de faire de même, car il garda également ses distances.

Malgré tout, Camille avait vécu un week-end formidable et se sentait reconnectée avec elle-même. Pas une seule fois, elle n'avait pensé à l'enquête. Elle avait été tout entière happée par la beauté des paysages, ne faisant qu'un avec ses chiens. Ce fut avec émotions qu'elle ferma la porte de la voiture d'Anita et reprit la route.

Matt et Stina s'étaient platement excusés de ne l'avoir pas prévenue pour son ex. Ils pensaient qu'une réconciliation était possible, mais avaient été forcés d'admettre qu'un peu plus de temps serait nécessaire.

À mi-chemin de Mokkjokk, Camille se décida à allumer son téléphone portable qui était resté éteint tout le week-end. Plusieurs appels en absence s'affichèrent : Anita, qui l'avait contactée deux fois en laissant des messages vocaux, et un numéro inconnu. Elle consulta son répondeur.

« Ma chérie, rappelle-moi dès que tu as ce message, c'est urgent ! »

« Camille, c'est encore moi, il s'est passé quelque chose ici, il faut vraiment que tu me rappelles ! »

Son sang se glaça et elle fut prise d'un violent sentiment de culpabilité ! Pendant qu'elle s'amusait sur un traîneau, le meurtrier de Leif courait dans la nature et son amie était enfermée dans une cellule. Willy avait raison de lui en vouloir !

Elle rappela Anita sur-le-champ.

— Enfin, tu appelles ! Désolée de te sortir de ta retraite comme ça, ma chérie, mais j'ai une mauvaise nouvelle à t'annoncer : Anna a disparu.

— Disparue ?! Depuis quand ?

— Elle avait prévu une réunion exceptionnelle hier, avec tous les employés de la scierie, mais elle n'est pas venue. Avec ce qui s'est passé la semaine dernière, les ouvriers se sont immédiatement inquiétés et ont prévenu la police.

— Il n'y a aucune trace d'elle ? Tu crois qu'elle est morte ?!

— Sa voiture n'a pas pu être localisée. Apparemment, elle est allée voir Fredrick hier soir et lui a fait part de ses soupçons envers Birgitta, puis elle est repartie. Elle est introuvable depuis !

— Je suis à trente minutes de Mokkjokk, je viens directement chez toi pour en parler, répondit Camille qui sentait son stress revenir en force.

Ses pneus dérapèrent légèrement sur la glace tandis qu'elle repartait avec empressement.

En pénétrant chez Anita, Camille sentit la chaleur l'envelopper comme un plaid douillet. Plusieurs lampes étaient allumées, projetant dans la pièce une douce lumière. Ingrid, Eva et Anita étaient toutes les trois assises autour de la table à manger dans le salon, un irish coffee à la main. Un quatrième verre attendait.

— Que s'est-il passé ? pressa-t-elle sans même saluer les filles.

Anita, un air grave collé sur le visage, lui expliqua les faits.

— Comme je te l'ai dit, Anna a disparu depuis hier. Sa voiture est introuvable et personne ne l'a aperçue après son départ de chez Fredrick.

— Peut-être s'est-elle enfuie ! suggéra Eva en chuchotant.

— Pourquoi murmures-tu ? rabroua Ingrid. Elle ne va pas débarquer de la cuisine !

— Enfuie ou non, elle s'est quand même volatilisée. La dernière personne à lui avoir parlé est Fredrick. La police l'a interrogé ce matin, déclara Anita.

— Comment le sais-tu ?

— Je suis allée lui rendre visite juste après, pour lui apporter des pâtisseries et un chai latte. Je me suis dit que ça l'inciterait à bavarder, parada-t-elle fièrement en bombant la poitrine.

— Et alors ? Ça a fonctionné ?

Bien qu'Ingrid et Eva aient déjà entendu le résumé de la conversation, elles tendirent l'oreille avec intérêt pour ne pas en perdre une miette. Un détail pouvait très bien leur avoir échappé !

— Parfaitement. Je n'ai même pas eu besoin de lui demander quoi que ce soit, le pauvre homme était effondré.

— Tu veux dire qu'il pleurait ? souffla Eva.

— Évidemment qu'il pleurait ! Son grand amour vient de disparaître, répliqua Ingrid d'un ton sec.

— Que t'a-t-il dit ?

— Anna est arrivée chez lui samedi soir dans un état très agité. Elle suspectait Birgitta d'avoir empoisonné Leif.

— Quoi ? Comment est-elle parvenue à cette conclusion ? A-t-elle donné des détails ? coupa Camille, ce qui agaça Anita.

— Si vous voulez bien arrêter de m'interrompre, je pourrais peut-être tout vous dire ! DONC, Anna a dit qu'elle soupçonnait Birgitta d'avoir tué Leif… ET qu'elle avait peur pour sa vie, car elle avait découvert quelque chose de compromettant sur la scierie.

Camille retint la question qui lui brûlait les lèvres et attendit patiemment que son amie continue.

— Apparemment, Anna avait constaté que son frère coupait illégalement du bois dans une réserve naturelle et le revendait à des clients peu scrupuleux. Elle a annoncé à Birgitta que maintenant qu'elle était à la direction, elle allait arrêter ce trafic, mais sa belle-sœur n'était pas d'accord, car cela rapportait beaucoup d'argent.

— Je savais qu'il se tramait un truc pas net dans cette scierie ! exulta Camille en frappant du poing sur la table.

Eva, qui était en train de boire une gorgée d'irish coffee, sursauta en renversant quelques gouttes de café sur ses vêtements. Camille se répandit en excuses, tandis qu'Ingrid entreprit de l'éponger avec de l'essuie-tout.

— Attendez la suite, continua Anita, imperturbable. Anna a dit à Fredrick que Birgitta l'a menacée de finir comme son frère si elle révélait quoi que ce soit à la police ! D'après lui, elle était complètement paniquée. Il lui a proposé de rester dormir, mais Anna a refusé et est partie en voiture. Personne ne l'a revue depuis !

— Je n'en reviens pas. J'étais persuadée qu'Anna et Birgitta avaient fait le coup ensemble, alors que la femme de Leif agissait seule ! souffla Camille en buvant une gorgée d'irish coffee sous le regard noir d'Eva encore poisseuse.

— La propriétaire de l'auberge de jeunesse m'a dit que la police a arrêté Mme Holmgren dans la matinée. Il paraît qu'elle hurlait au scandale à pleins poumons, révéla Ingrid, très fière de pouvoir mettre son grain de sel.

Soudainement, Anita se leva pour prendre quelque chose dans son sac. Quand elle revint, elle jeta sur la table le journal de la veille. Sur la première page s'étalait une photo du commissariat de Mokkjokk. Le titre : « Affaire Holmgren — des soupçons de négligence dans l'enquête ». Fébrile, Camille reposa son verre à moitié vide et déplia le quotidien.

L'article, signé Bernie Freud, expliquait comment Caisa Tuorda, une activiste de défense des droits sames, avait été mise en examen pour le meurtre de Leif Holmgren sans que des preuves irréfutables aient été fournies au procureur. La famille de la victime étant très proche des autorités, Birgitta et Anna Holmgren n'avaient pas été inquiétées, malgré des éléments incriminants flagrants.

Le journaliste faisait ensuite le parallèle entre l'inculpation de Caisa et les récents troubles qu'elle avait causés à la commune, alors qu'elle avait mis à jour les manquements de l'État suédois concernant les droits des peuples autochtones en Europe.

L'article était brillant ! Il dénonçait sans accuser et ne révélait rien qui ne fut véridique, étouffant dans l'œuf tout risque de plainte pour diffamation. Camille était ravie que son instinct ne l'ait pas trahie, Bernie était quelqu'un sur qui elle pouvait compter !

— C'est parfait ! déclara-t-elle avec un grand sourire.

— Je ne sais pas si c'est à cause de l'article ou de la disparition d'Anna, mais c'est un nouvel inspecteur qui a interrogé Fredrick ce matin. Rien à voir avec les deux autres, celui-ci avait l'air d'être un professionnel… il est aussi très beau !

Anita avait dit cette dernière phrase avec une lueur malicieuse dans le regard.

— Allez, les filles, je crois qu'on a bien mérité un deuxième irish coffee, sourit-elle alors en se levant.

Mais Eva, encore énervée, ne le voyait pas ainsi.

— Anna Holmgren a disparu, je vous rappelle, ce n'est pas quelque chose à fêter !

Ces paroles eurent l'effet d'une douche froide et un silence gêné s'abattit sur la pièce. Elle avait raison. Un deuxième meurtre avait peut-être eu lieu à Mokkjokk, le temps n'était pas à boire joyeusement des irish coffees ! Sur un même élan, Ingrid et Eva se levèrent et murmurèrent un « bonne nuit » avant de rentrer chez elles.

Anita et Camille restèrent quelques minutes à papoter des évènements du week-end et de la célébration de la Sainte-Lucie qu'il y avait eu en ville ce matin-là, mais le cœur n'y était plus. Anita reprit ses clés de voiture et Camille quitta les lieux, maussade.

Chapitre 20

Comme pour s'accorder à son humeur, les nuages avaient repris leur place dans le ciel, cachant la lumière de la lune. De légers petits flocons voletaient dans les airs, inconscients du drame qui touchait Mokkjokk.

Camille marchait d'un pas rapide, en partie pour lutter contre le froid, mais aussi pour se rassurer. Un épais silence enveloppait les rues désertes et un sentiment d'insécurité s'insuffla en elle lorsqu'elle passa près du lieu où gisait le corps de Leif. Les lumières de Noël se faisaient rares dans ce quartier et il y régnait une inquiétante obscurité.

Quand enfin elle retrouva la lueur rassurante des lampadaires, son esprit vagabonda vers Birgitta. À l'heure actuelle, soupçonnée du meurtre de son mari et d'être responsable de la disparition d'Anna, elle était en garde à vue. Camille aurait donné cher pour être une petite souris et écouter l'interrogatoire, elle ne l'imaginait pas tout avouer sans sourciller. Si cette femme était réellement coupable et qu'elle avait fait tout ça pour protéger son futur enfant, il y avait fort à parier qu'elle ferait tout pour s'en sortir. Sauf que cette fois, grâce à l'article de Bernie, la police n'aurait pas d'autre choix que de mener une enquête approfondie et de collecter de vraies preuves !

La sonnerie de son téléphone la fit sursauter : le même numéro inconnu qu'elle avait vu sur sa liste d'appels en absence. Elle décrocha avec suspicion.

— Mademoiselle Camille Dubon ?

— C'est bien moi. À qui ai-je l'honneur ?

— Bonsoir, inspecteur Nilsson à l'appareil. Je dois vous parler assez rapidement, êtes-vous disponible ?

— Quoi, maintenant ? Heu… oui, répondit-elle, surprise. Souhaitez-vous que je vienne au poste ?

— En fait, je pensais à quelque chose de moins formel… J'ai cru comprendre que vous aviez été légèrement bousculée par mes… confrères.

— Vous voulez dire ceux qui ont refusé de prendre ma plainte ?! C'est le moins que l'on puisse dire ! répliqua-t-elle ironiquement.

— Avez-vous dîné ?

La question surprit Camille. D'après Anita, l'inspecteur Nilsson avait l'air d'un bien meilleur flic que ses deux autres collègues, mais l'idée de se retrouver encore une fois face à un policier ne lui plaisait guère. Cependant, son estomac gargouillait et elle n'avait rien à manger dans son frigidaire.

— Vous m'invitez à dîner ? demanda-t-elle sur la défensive.

— Rejoignons-nous à la pizzeria dans trente minutes. Apparemment, c'est le seul restaurant ouvert un dimanche soir dans ce patelin.

Il avait prononcé ces derniers mots avec un ton légèrement dédaigneux qui fit tiquer Camille. Elle acquiesça en serrant les dents et raccrocha sans plus de cérémonie. Elle avait tout juste le temps de passer chez elle pour déposer son sac avec ses affaires du week-end, avant de se rendre au *Paradis*, la pizzeria libanaise de la ville.

Issam, le patron du restaurant, était un petit homme dynamique au crâne dégarni, qui avait toujours un sourire avenant planté sur les lèvres. Elle avait commandé plusieurs fois dans son établissement et n'avait jamais été déçue. Un large choix s'offrait aux clients, de la quatre fromages à l'hawaïenne, en passant par la pizza au renne.

Quand elle franchit la porte d'entrée, Issam l'accueillit chaleureusement et la dirigea vers la salle à manger. La décoration du restaurant était loin d'être cosy : les murs de la grande pièce rectangulaire étaient gris, parsemés de nombreux tableaux d'acteurs américains, des tables de cantines s'alignaient les unes à côté des autres et dessus étaient placés des verres à bière munis de serviettes en papier. Des néons diffusaient une lumière blanchâtre peu flatteuse.

C'était la première fois que Camille mangeait dans le restaurant, se contentant d'habitude de commander à emporter. Une famille avec deux enfants était installée tout au fond et deux papis papotaient dans l'angle opposé.

Elle prit un cidre et choisit une table près de la vaste baie vitrée, afin d'observer cet agent *Nilsson* lorsqu'il arriverait. Elle n'eut pas à patienter longtemps, quelques minutes plus tard, un homme plutôt grand qui semblait assez musclé sous son long manteau d'hiver sombre longea la fenêtre jusqu'à la porte. Quand il pénétra dans le restaurant, Camille ne se gêna pas pour le contempler.

Il avait un visage carré à la mâchoire marquée. Une barbe blonde, bien taillée en pointe, soulignait son teint légèrement hâlé et mettait en valeur ses yeux d'un bleu océan. Un bonnet noir recouvrait ses cheveux, mais au vu du look et de l'attitude du bonhomme, il dissimulait probablement une coupe branchée.

Il posa son regard sur la salle et se dirigea sans hésiter vers Camille.

— Björn Nilsson, annonça-t-il d'une voix grave en lui adressant un signe de tête discret et en s'asseyant.

Celle-ci ne put cacher un petit sourire narquois lorsqu'il enleva son bonnet. Il avait effectivement une de ces coupes à la hipster : les côtés de son crâne étaient rasés et ses longs cheveux étaient ramenés en queue de cheval sur l'arrière de sa tête.

Camille exécrait ce genre d'individu : un homme beau, qui le savait et qui en jouait. Il n'était pas question qu'elle tombe dans son piège et se mette à minauder devant lui. Elle adopta un visage impassible et se redressa sur sa chaise.

— De quoi désirez-vous parler ? demanda-t-elle d'une voix qu'elle voulait froide.

— Quelqu'un vient-il prendre notre commande ou doit-on aller au comptoir ? répliqua-t-il les sourcils froncés en détaillant le restaurant.

— Il va falloir se déplacer, vous savez ce que c'est dans les petits patelins !

Comme s'il avait entendu leur conversation, Issam arriva à leur table. L'inspecteur Nilsson se décida pour une végétarienne, tandis que Camille opta pour une quatre fromages. Il n'était pas question de se priver !

— Alors, Mademoiselle Dubon, dit-il quand le patron s'en alla, j'ai vu qu'Anna et Birgitta avaient déposé plainte contre vous pour harcèlement. Pouvez-vous m'expliquer ?

Son ton n'était pas mordant, mais Camille ne put s'empêcher d'être sur la défensive, aussi, elle ne put retenir une certaine agressivité.

— Vos super collègues ne vous en ont pas parlé ? C'est étonnant, ils avaient l'air tellement concernés !

— Mademoiselle Dubon, je comprends que vous soyez en colère, mais un homme a été tué et sa sœur est portée disparue. J'espérais que vous pourriez… m'aider à saisir ce qu'il s'est passé. Vous semblez plutôt impliquée dans cette affaire.

Camille soupira en essayant de faire abstraction de l'agacement que cet individu lui inspirait. Il avait raison, la vie d'une femme était peut-être en jeu.

— Caisa Tuorda est mon amie et voyant que la police était déterminée à l'accuser à tort, j'ai décidé de mener moi-même l'enquête !

— Vous avez choisi ou quelqu'un vous a demandé de fouiller…

Elle le regarda droit dans les yeux en affirmant que cette décision venait d'elle. En aucun cas, elle ne souhaitait porter préjudice à Willy.

— Très bien, dit l'inspecteur Björn Nilsson en croisant les mains sur la table. Qu'avez-vous découvert ?

— Allez-vous mener une véritable enquête, cette fois-ci ?

— Mademoiselle Dubon…

— Oui, je sais, l'interrompit-elle, Anna a disparu. Seulement, avant de vous donner mes informations, je veux être certaine que vous allez faire ce qu'il faut pour trouver le vrai coupable. Caisa va-t-elle être libérée ?

— J'ai été envoyé ici pour résoudre cette affaire en bonne et due forme. L'article de ce journaliste, Bernie Freud, a mis en lumière quelques lacunes et je viens y remédier.

Elle soupira avec impatience.

— Donc oui, conclut-il, pour répondre à votre question, je vais mener des investigations approfondies pour découvrir qui est le coupable. Maintenant, s'il vous plaît, pourriez-vous partager vos informations avec moi ? Cela me serait d'une grande utilité.

Il se para d'un petit sourire en coin charmeur qui émoustilla Camille malgré elle. Mais elle ne voulait pas céder trop vite. Les pizzas arrivèrent et elle savoura deux bouchées avant de révéler ce qu'elle savait, prenant un malin plaisir à observer ses mâchoires se contracter sous l'impatience. Après trois bonnes minutes de silence, elle se décida enfin.

— Ce qui me surprend, finit-elle, c'est que j'étais persuadée qu'Anna et Birgitta avaient fait le coup ensemble.

Peut-être qu'Anna a menti à Fredrick afin de détourner les soupçons avant de s'enfuir. Peut-être que les deux femmes ont planifié le meurtre ensemble, mais que la découverte du trafic illégal de la scierie a fragilisé leur union. Qu'en pensez-vous ?

L'assiette de l'inspecteur était vide depuis un bon moment déjà et Camille terminait sa dernière bouchée, repue. Elle avait passé tout le repas à détailler fièrement l'enquête qu'elle avait menée et attendait à présent que son interlocuteur réagisse. Mais au lieu de cela, il rassembla ses affaires pour partir.

— Que faites-vous ? demanda-t-elle, outrée.

— Je vais accomplir mon devoir. Merci beaucoup pour les informations et bonne soirée.

Furieuse, elle mit la main sur son bonnet pour l'empêcher de le prendre.

— Attendez, je viens de vous donner des renseignements capitaux et vous déguerpissez sans rien me dire de plus ?! Vous pourriez au moins me rencarder sur ce que vous comptez faire ou sur les preuves matérielles que vous détenez ! Birgitta a-t-elle avoué quelque chose ?

— Ne parlez pas si fort, pesta l'inspecteur alors que les deux papis les observaient avec intérêt. Je n'ai pas l'autorisation de dévoiler des éléments sur une enquête en cours. Et puis, vous ne m'avez rien appris que je ne savais déjà. Maintenant, rendez-moi mon bonnet ou je vous arrête pour outrage à agent !

Camille fulminait ! Elle ne pouvait pas croire une telle mauvaise foi ! Pourtant, Nilsson se rhabilla et partit payer sans un mot de plus. Elle suivit du regard sa démarche assurée, tout en se jurant que c'était la dernière fois qu'elle aidait ce grossier personnage !

Il était 20 h 15 quand elle rentra chez elle en claquant la porte, après avoir fumé deux cigarettes d'affilée. La petite marche qui la séparait de la pizzeria n'avait pas suffi à la calmer et elle se fit couler un bon bain chaud pour se détendre.

La baignoire était clairement l'atout de son appartement ! Elle aurait pu en choisir un plus grand avec jardinet, mais une douche minuscule ; or à ses yeux, il n'existait rien de mieux que s'immerger dans une eau brûlante pendant des heures.

Les fabuleux paysages arctiques traversés en traîneau ce matin même lui paraissaient bien loin et une extrême lassitude s'empara d'elle.

La nuit passée la veille dans la cabane avait été courte. Il était difficile de dormir à vingt dans un espace aussi réduit et les ronflements l'avaient tenue éveillée pendant des heures.

Quelques minutes à peine après s'être glissée dans la baignoire, elle sombra dans un profond sommeil… jusqu'à ce que l'eau devenue froide la força à s'extirper en catastrophe de là !

Chapitre 21

— Ma chérie, demanda Anita d'une voix chantante, pourrais-tu venir plus tôt ce matin ? Je crois qu'on va avoir pas mal de monde au salon de thé.

— Heu… pas de problème, répondit Camille d'une voix endormie, j'arrive.

Elle avait complètement oublié de mettre son réveil et il était presque 10 h !

Groggy, elle se leva péniblement et se prépara sans même prendre le temps de boire un café. Pourquoi les gens se pressaient-ils un lundi matin *Au Fika d'Anita* ? Lorsqu'elle débarqua enfin, moins de dix minutes plus tard, toutes les tables étaient occupées et les têtes se tournèrent vers elle d'un même mouvement. Un tonnerre d'applaudissements l'accueillit.

Que se passait-il ? Elle lança un regard interrogateur à Anita qui se tenait derrière le comptoir, radieuse, puis elle salua la foule d'un petit geste timide avant de se réfugier près de son amie.

— Heu, c'est quoi ce cirque ? Pourquoi les clients me félicitent-ils ?

— Figure-toi qu'une rumeur circule dans la ville depuis l'arrestation de Birgitta…

— Une rumeur ?

— Les gens racontent que c'est toi qui as découvert le meurtrier avant la police !

— Quoi ?! Mais comment sont-ils au courant de mon enquête ? En puis, je pensais que c'était Anna ET Birgitta qui avaient tué Leif, donc théoriquement je me suis trompée !

— On se fiche des détails ! s'impatienta Anita en lui mettant les mains sur les épaules et en la tournant vers les clients. L'important, c'est que tous les habitants veulent venir au salon pour te voir, et par la même occasion, manger mes délicieuses pâtisseries ! D'ailleurs, maintenant que tu es là, je retourne en cuisine pour alimenter les commandes, sinon, on n'aura jamais assez de stock !

Mal à l'aise par ce soudain intérêt des résidents de la commune, Camille voulut se faire toute petite, mais une vieille dame l'apostropha au comptoir et lui ordonna d'expliquer à tout le monde comment elle avait démasqué Mme Holmgren.

Prise de cours, elle sentit ses mains devenir moites. Elle n'avait aucune envie de s'exprimer devant tous ces gens et encore moins pour raconter des mensonges.

— Ce n'est qu'une rumeur, rougit-elle. Je n'ai pas vraiment mené d'investigation, j'ai juste posé des questions à droite, à gauche. En vérité, c'est…

Comme par enchantement, le cousin d'Ingrid passa la porte d'entrée prêt à se faire mousser.

— C'est Bernie ! pointa Camille, soulagée. C'est lui qui a tout découvert et c'est grâce à lui que la police a repris les recherches depuis le début ! Le héros, c'est lui !

Triomphant, le journaliste replet bomba le torse et sourit à l'assistance. Plusieurs personnes se levèrent pour lui serrer la main et à la demande générale, il entama un récit détaillé de son enquête. Comprenant que Camille rechignait à être le centre de l'attention, il s'appropriait sans aucun scrupule ses découvertes et celle-ci reprit sa place derrière le comptoir.

— Excusez-moi, puis-je m'asseoir à la table du fond, là-bas ? demanda une nouvelle arrivante en désignant la place réservée à Fredrick.

Camille fronça les sourcils avisant l'horloge en forme de cupcake. Le bibliothécaire devrait déjà être ici ! Elle fit patienter la cliente.

— Je n'ai aucune nouvelle de lui depuis hier, informa Anita. J'imagine qu'il est bouleversé par la disparition d'Anna. Laisse la cliente s'installer à sa table, je ne pense pas qu'il vienne aujourd'hui. On ira lui rendre visite après le service. Au fait, peux-tu rester toute la journée ?

Elle acquiesça, puis servit la dame. Bernie se pavanait tel un coq au milieu de sa basse-cour, assaillit de questions de plus en plus loufoques.

— Est-ce que c'est vrai que vous vous êtes battu à mains nues avec Mme Holmgren ?

— Il paraît qu'on a retrouvé un bébé dans son congélateur. L'avez-vous vu ?

— On dit qu'elle a tenté de saboter la scierie et que Leif est mort en l'empêchant, pouvez-vous le confirmer ?

Conscients que leurs questions relevaient plus de la science-fiction que de la réalité, les clients voulaient surtout se distraire d'un quotidien calme et ordinaire.

Quel soulagement de ne pas être à sa place, pensait Camille. Un petit mensonge ou deux servis pour la bonne cause ne la dérangeaient pas, mais raconter des sornettes grosses comme elle à des personnes en mal de sensations fortes était un peu trop ! Ça lui rappelait ses études de commerce et les différentes techniques de « *vente forcée* », ou comment créer un besoin qui n'existait pas. Et puis, Anna était toujours portée disparue et tant qu'elle ne serait pas retrouvée, il n'y aurait rien à fêter.

Bernie, lui, exultait. Il répondait patiemment à chacune des questions et ne perdait jamais une occasion de se vanter de son incroyable courage. S'il n'avait pas été d'une aide précieuse, Camille l'aurait sans doute trouvé insupportable. Elle comprenait Ingrid qui ne souhaitait pas le fréquenter plus qu'il n'en fallait.

Quand le coup de feu du déjeuner démarra, Anita fut contrainte de lui ordonner discrètement de cesser son spectacle. Elle avait besoin de la place pour les travailleurs et les curieux n'avaient commandé, pour la plupart, qu'un café et une brioche au safran chacun. Mais elle eut la mauvaise surprise d'essuyer un refus ! Sans vergogne, Bernie prétexta que sa notoriété avait ramené une quantité non négligeable de nouveaux clients et qu'il exigeait qu'on lui offre le repas en remerciement ! Le culot de cet homme était sans limite !

Camille, qui avait écouté la conversation, se précipita vers eux avant qu'Anita décide de lui sauter au cou.

— Je m'en occupe, ne t'inquiète pas. Un scandale passerait très mal maintenant que tout le monde le considère comme un héros, murmura-t-elle à son amie.

— La faute à qui ?! grommela-t-elle, avant de s'éloigner.

Camille prit une grande inspiration, puis se tourna vers Bernie qui attendait la suite d'un œil goguenard.

— Je vous remercie infiniment de ce bel article et, évidemment, je vous offre le repas, mais… de nombreuses personnes arrivent pour manger et le salon de thé ne peut pas se permettre de refouler des clients payants. C'est une petite ville ici, vous comprenez, sans les travailleurs, nous ne pourrions pas survivre… Auriez-vous l'amabilité de demander à vos admirateurs de laisser la place ?

— Je vais le faire, mais c'est bien parce que vous m'avez donné le tuyau !

Un soupir de soulagement s'échappa des lèvres de Camille. Elle avait eu assez de conflits pour la semaine et le goût amer de sa rencontre avec l'inspecteur bellâtre lui titillait toujours les papilles.

— Mais d'ailleurs, que faites-vous encore en ville maintenant que le journal est sorti ? N'y a-t-il pas de scoop à Leluo ? ne put-elle s'empêcher de demander.

— Anna Holmgren a disparu et ce nouvel inspecteur *qui se la raconte* a été placé sur l'affaire. Autant vous dire que nous sommes au cœur de l'action, répondit Bernie avec un sourire entendu.

— Vous avez accès aux données de la police ! s'exclama Camille en se rappelant qu'il avait un « *contact* » au sein des forces de l'ordre.

— J'ai mes sources, susurra Bernie, mais je ne les dévoile jamais.

Sa petite taille l'empêchait de regarder Camille de haut, mais il l'aurait fait s'il avait pu.

— Pouvez-vous m'informer des avancements de l'enquête ? tenta-t-elle avec un sourire cajoleur.

Mas il ne se laissa pas berner et contre-attaqua.

— Vous êtes sceptique à propos de la culpabilité de Birgitta, c'est ça ? Vous voulez savoir si elle a avoué ? C'est vrai que cet inspecteur n'est pas très bavard. Figurez-vous que mon petit doigt m'a dit que vous dîniez en tête à tête avec lui hier soir. Il paraît même que vous étiez furieuse en sortant de la pizzeria…

Camille grimaça à ce souvenir et elle claqua la langue d'impatience. De plus en plus de clients attendaient qu'une place se libère et certains avaient même fait demi-tour.

— S'il vous plaît, dites à vos admirateurs de déguerpir, quant à moi, je me débrouillerai autrement pour connaître la vérité !

Sans un mot de plus, elle retourna en salle pour aider Anita. Bernie annonça avec une tristesse feinte la fin de la conférence de presse et dispersa son public. Puis, il se planta face à Camille et réclama son repas gratuit. Anita faillit répliquer qu'il pouvait aller se faire cuire un œuf ailleurs, mais elle l'en empêcha in extremis.

Quand il saisit son kebab au renne quelques minutes plus tard, il se pencha vers Camille.

— Je vous tiendrai au courant pour l'enquête, murmura-t-il avec un clin d'œil.

— Merci.

— On forme une belle équipe vous et moi, hein, comme Mulder et Scully. Mais, si vous avez des informations de votre côté, je compte sur vous pour me les donner aussi.

Elle acquiesça en souriant, cet homme était surprenant.

— Je sors un article demain, ne le loupez surtout pas !

Chapitre 22

L'après-midi fut plus tranquille et Anita libéra finalement Camille à l'heure habituelle. Celle-ci en profita pour récupérer sa voiture munie de quatre pneus neufs. Sur la route du retour, elle s'arrêta chez Willy. La dernière fois qu'ils s'étaient parlé, le frère de Caisa lui avait raccroché au nez et elle tenait à s'assurer qu'il ne lui en voulait plus.

Le quartier same était assez calme, les éleveurs de rennes passant le plus clair de leur temps en forêt. Elle se gara à proximité de la maison et remarqua de la lumière chez Caisa. Son cœur bondit dans sa poitrine. Ce nouvel inspecteur avait-il décidé de refouiller les lieux ? Aucune voiture de police n'était présente dans la rue.

Elle alla frapper, pleine d'espoir. Le père de Caisa, un homme trapu, comme son fils, dont le visage était sillonné de rides, ouvrit la porte. Camille l'avait rencontré plusieurs fois, mais elle ne le connaissait pas très bien.

— Bonjour, je suis Camille, une amie de Caisa. Vous ne vous souvenez sûr…

Une femme se jeta dans ses bras avant qu'elle ait eu la chance de finir sa phrase.

— Caisa ! Mais…

— La police m'a libéré il y a une heure à peine ! Mon avocat m'a dit qu'ils avaient trouvé des preuves irréfutables qui accusaient Birgitta Holmgren ! sanglota-t-elle. Je suis tellement contente que ce cauchemar soit terminé ! J'ai cru que je n'allais pas m'en sortir.

— Tu peux remercier Camille, dit Willy qui venait d'apparaître derrière son père. C'est grâce à elle que tu es libre.

— En fait, c'est surtout grâce à ce journaliste. Sans son article…

— C'est toi qui l'as prévenu ! protesta-t-il doucement. Je suis désolé, j'étais vraiment stressé.

— Tu veux rentrer boire un café ? renifla Caisa.

Elle avait une mine affreuse. Ses yeux étaient bordés de gros cernes violets, son teint cireux et ses yeux pleins de lassitude. Camille préféra les laisser en famille, elle aurait tout le temps de leur parler dans quelques jours.

La pression relâcha enfin ses muscles et elle se sentit soudainement épuisée. Une sieste s'imposait ! Elle retourna à son appartement et se prépara un thé. Son tableau d'enquête trônait au milieu du salon, ainsi que son pyjama enlevé à la va-vite ce matin, mais elle n'y prêta aucune attention, seul le canapé comptait désormais à ses yeux.

Maintenant que Caisa était libre et disculpée, Camille n'avait plus vraiment de raison de continuer ses investigations et la police avait trouvé des preuves irréfutables de la culpabilité de Birgitta. Pourtant, elle n'arrivait pas à se départir du sentiment que quelque chose ne collait pas et espérait que Fredrick lui donne de nouvelles pièces pour résoudre ce mystère. Après tout, il était la dernière personne connue à avoir vu Anna vivante.

Elle ferma les yeux, mais le sommeil se refusa à elle. C'était trop tard, son cerveau tournait à plein régime et elle ressassait sans arrêt tous les éléments réunis. Résignée, Camille se leva, une balade au bord du lac était la solution idéale pour s'aérer l'esprit.

Au lieu de s'engager sur le sentier qui longeait les berges blanches du lac de Mokkjokk, Camille se dirigea à gauche. Le petit Sherlock dans sa tête avait une idée…

Fredrick était le dernier individu connu à avoir vu Anna, ce qui faisait de lui un suspect potentiel. Les crimes passionnels étaient monnaie courante et le bibliothécaire, selon les dires de son entourage, était amoureux d'elle depuis son plus jeune âge.

Aussi, au lieu de perdre son temps à se promener aux bords du lac, Camille préféra fouiner dans la rue de Fredrick.

Plusieurs maisons de styles différents s'alignaient les unes derrière les autres, toutes pourvues d'un jardin à l'arrière. Tous les cinquante mètres environ, un lampadaire illuminait la route.

La maison de Fredrick, un peu plus petite que ses voisines, était bien entretenue, avec ses murs blancs impeccables et sa couronne de Noël sur la porte. Elle ne devait pas faire plus de soixante-dix mètres carrés. Deux fenêtres, plongées dans l'obscurité, donnaient directement sur la rue, et de l'autre côté de l'allée, s'étalait un grand jardin. Quelle ne fut pas sa surprise de constater que la propriété accolée à la sienne n'était autre que celle des Holmgren ! Fredrick aurait très bien pu s'introduire chez eux par-derrière !

Un léger malaise chatouilla la nuque de Camille et elle se retourna vivement. Une femme assez âgée l'épiait depuis son parking, les mains sur les hanches. Depuis combien de temps était-elle là à l'observer ? Camille la salua en s'approchant, dans l'espoir d'en apprendre plus sur la disparition d'Anna.

— Vous êtes une curieuse, c'est bien ça ? lanca sèchement la petite dame, les yeux plissés et le nez retroussé d'indignation. Comme ce journaliste qui est venu rôder par ici ! Laissez-nous donc tranquilles, ce pauvre Fredrick est suffisamment secoué comme ça !

— Pas du tout, mentit Camille d'une voix douce et rassurante, je suis une amie de Fredrick. Je travaille *Au Fika d'Anita*, vous m'avez peut-être déjà croisée ?

La vieille dame la scruta de plus près et son visage s'éclaira.

— Anita et moi avons prévu de saluer Fredrick pour nous assurer qu'il va bien et lui apporter des pâtisseries, continua innocemment Camille. Ça lui remontera le moral. Le pauvre, dire qu'il est le dernier à avoir vu Anna vivante ! Étiez-vous là quand ça s'est passé ?

Elle espérait que sa tentative soit assez subtile pour aboutir.

— J'étais à la fenêtre pour surveiller ces jeunes voyous qui jaillissent parfois avec leur musique de sauvage ! déclara la mamie. Comme s'ils n'avaient pas mieux à faire ! Mais c'est Anna que j'ai vue sortir de chez Fredrick. Elle est montée dans sa voiture et est partie.

— Vous êtes sûre que c'était bien Anna ?

— Je suis vieille, mais pas sénile ! J'ai parfaitement reconnu ce grand manteau noir qu'elle porte tout le temps. Même avec sa capuche, je l'ai identifiée avec certitude. Je l'ai d'ailleurs saluée et elle m'a répondu d'un geste de la main.

— Savez-vous où elle est allée ?

— Comment voulez-vous que je le sache ? Je ne suis pas devin ! J'ai déjà bien assez à faire avec tous ces voyous qui traînent par ici ! Excusez-moi, mais mes vieux os ne supportent plus vraiment le froid. Passez le bonjour à ce pauvre homme, salua la dame en se dirigeant à petits pas vers chez elle.

Pas beaucoup plus avancée, Camille la remercia et continua sa balade dans la rue qui longeait le lac. Les propriétés y étaient beaucoup plus imposantes et les jardins donnaient directement sur le lac.

Maintenant que le trafic de bois avait été mis à jour, elle se demandait ce qu'allait devenir l'entreprise Holmgren ? Fermerait-elle ? Si tel était le cas, de nombreux employés se retrouveraient au chômage… Le véritable meurtrier était peut-être un concurrent ? La scierie avait bâti son succès grâce à des coupes illégales, un adversaire aurait pu vouloir se venger !

Agacée par le flot de questions sans réponses qui la taraudait, elle appela Bernie. Il lui avait promis de la tenir au courant des avancées de la police et elle n'avait toujours aucune nouvelle.

— Je t'ai dit qu'un article va paraître demain, je n'ai pas vraiment le temps de te parler pour le moment, la rabroua-t-il.

Elle soupira pour garder son calme. S'il était tellement occupé, il n'aurait pas pris une heure pour un petit bain de foule ce matin !

— S'il te plaît, c'est important. Mulder et Scully, tu te souviens ? J'ai le sentiment qu'on passe à côté de quelque chose !

— Très bien, céda-t-il dans une expiration théâtrale. Mais ne dévoile ces informations à personne avant la fin officielle de l'enquête, sinon ma source ne me parlera plus, c'est compris ?

Elle jura. La police avait trouvé dans la voiture de Leif, une tasse à café jetable contenant des traces d'antigel sur laquelle avaient clairement été identifiées les empreintes de Birgitta.

— Birgitta a-t-elle avoué avoir tué son époux ? Qu'a-t-elle révélé au sujet d'Anna ?

— Pour le moment, elle clame son innocence et assure ne jamais se servir de ce genre de tasse. C'est bien elle qui préparait le lunch de son mari tous les jours, mais apparemment, elle mettait son café dans un thermos pour le tenir au chaud.

— Du poison a-t-il été retrouvé dedans ?

— Non, il est parfaitement normal.

— OK, quelque chose d'autre ?

— Pas pour l'instant, Scully, et maintenant, tu me dois un déjeuner pour me remercier de mon aide. Surtout, n'oublie pas : pas un mot à qui que ce soit, compris ?

Camille leva les yeux au ciel en secouant la tête, Bernie ne perdait pas le nord ! Elle raccrocha en avisant l'heure : il était temps de rejoindre Anita au salon de thé.

Chapitre 23

Anita frappa énergiquement sur la porte du 19 rue du soleil, où vivait Fredrick et attendit quelques minutes, en vain. Les fenêtres donnant sur rue étaient plongées dans le noir et rien ne laissait penser que quelqu'un était présent, hormis la voiture garée sur le parking.

Elle réitéra en tambourinant plus fort et plus longtemps et enfin, une voix enrouée répondit.

— Je ne veux parler à personne, partez, s'il vous plaît.

— Fredrick, c'est Anita et Camille. J'apporte des pâtisseries. Allez, il ne faut pas se laisser dépérir. Je sais que c'est dur, mais voir du monde te fera du bien.

Elles attendirent quelques instants de plus sur le perron, pleines d'espoir et la porte finit par s'ouvrir sur le visage fatigué et les yeux rougis du bibliothécaire. Il avait pleuré. Il s'effaça pour leur permettre d'entrer et son chien Holmi les accueillit en sautillant à leurs pieds. Une fois repu de caresses, il retourna s'installer sur l'un des fauteuils dans un grognement satisfait.

Un capharnaüm monstre régnait dans la maison : des piles de livres s'empilaient en un peu partout, des chaussures et des vêtements à la propreté douteuse traînaient par terre et de la vaisselle sale gisait dans l'évier. Une odeur de renfermé et de poussière flottait dans l'air, mélangée à un fumet de poisson grillé.

Anita, un sourire figé sur les lèvres, se dirigea sans hésiter jusqu'au salon, posa le sachet de brioches à la cannelle sur la table basse, puis fila dans la cuisine ouverte pour mettre de l'eau à chauffer. Elle ne fit aucun commentaire sur le bazar et attrapa trois tasses dans l'un des placards, ainsi que du café soluble. Camille voulut se débarrasser de sa veste et de son bonnet, mais le meuble porte-manteau était enfoui sous une épaisse couche de vêtements et menaçait déjà de s'effondrer. Elle se ravisa, poussa un plaid chiffonné du canapé et s'y installa.

La pièce principale, tapissée bleu ciel, devait être très agréable à vivre lorsqu'elle était rangée. D'une trentaine de mètres carrés, elle regroupait le salon d'un côté et la cuisine ouverte de l'autre, ainsi qu'une grande table à manger pour six personnes entre les deux. C'était spacieux et cosy à la fois, tout à fait le genre de maison dans laquelle Camille aimerait habiter à l'avenir. De plus, l'emplacement était idéal. La rue n'était pas très fréquentée et le lac était à cinq minutes à pied.

— Je m'occupe de tout, Fredrick va t'installer, je nous apporte le café.

Son ami acquiesça mollement en se vautrant dans le second fauteuil.

— C'est très… douillet chez vous, dit Camille pour faire la conversation. Vous vivez ici depuis longtemps ?

— Une vingtaine d'années, maugréa sans enthousiasme le bibliothécaire, ce qui avorta toute tentative de discussion.

— Voilà, c'est prêt ! annonça Anita avec un peu trop d'enthousiasme en déposant un plateau sur la table basse.

Elle servit tout le monde, puis, devant le peu d'intérêt que Fredrick manifestait, elle alla s'asseoir sur l'accoudoir à ses côtés et lui tapota doucement l'épaule.

— Allons, mange un peu et bois du café, ça te fera le plus grand bien. Tu ne vas tout de même pas te laisser dépérir.

Il leva vers elle des yeux remplis de larmes, puis cacha son visage dans ses mains pour masquer son état de faiblesse.

Camille était très mal à l'aise, ne sachant que dire pour réconforter cet homme brisé. Vu son état, il n'était plus question d'interrogatoire !

Au bout d'un long moment, quand les pleurs de Fredrick se tarirent enfin, il se redressa et annonça d'une toute petite voix qu'il ne pensait plus pouvoir vivre à Mokkjokk.

— Qu'est-ce que tu veux dire ? demanda Anita, toujours assise près de lui en caressant gentiment son dos.

— Tout me rappelle Anna dans cette ville. Je… elle comptait tellement pour moi, je ne vois pas comment je pourrais rester ici en sachant qu'elle est morte !

— Pour l'heure, la seule certitude est qu'elle a disparu ! La police va peut-être la retrouver !

Fredrick agita la main pour balayer ses propos. Évidemment qu'elle était décédée, il en était sûr. Il le sentait au plus profond de lui.

— Peut-être a-t-elle eu peur de se faire tuer comme Leif et elle est juste partie se cacher quelque temps ? hasarda Camille.

Agacé par ces phrases de réconfort inutiles, Fredrick se leva d'un bond et explosa.

— Elle est morte, je vous dis ! cria-t-il.

Puis il se rassit et se remit à pleurer à chaudes larmes en se balançant d'avant en arrière et en répétant qu'Anna était décédée.

Les yeux écarquillés de surprise, elles l'observèrent en silence, figées. La crise dura longtemps, si longtemps que les jambes de Camille s'engourdirent. Elle jeta alors un regard suppliant à Anita pour qu'elle agisse.

— Veux-tu venir chez moi pendant quelques jours ? souffla celle-ci. Ça t'évitera d'être tout seul.

— Non, renifla Fredrick, j'ai décidé de vendre ma maison. Je dois partir. Anna rêvait depuis longtemps de visiter New York, alors… alors je vais y aller pour elle. Plus rien ne me retient ici désormais. Mes parents sont morts, Anna… également…

— Et la bibliothèque ? Tu as toujours dit que c'était ta raison de vivre…

— J'en trouverai une ailleurs ou j'ouvrirai ma propre librairie. J'irai voir l'agent immobilier demain.

Camille n'osait prononcer un mot de peur de provoquer une autre réaction violente. Elle caressait tendrement Holmi venu se réfugier près d'elle lorsque son humain avait crié. Ses grands yeux noisette la contemplaient avec un mélange d'amour et de désespoir à faire fondre les cœurs les plus froids. Si elle s'était écoutée, elle lui aurait gratté le ventre en gazouillant, mais vu la situation, cela lui semblait inapproprié.

— Je vais avoir besoin d'aide pour le déménagement ce week-end, alors je me demandais si vous pouviez me donner un coup de main. Peut-être qu'Ingrid et Eva seraient également disponibles ?

— Tu vas partir si rapidement ? s'étonna Anita.

— Je ne peux pas passer Noël ici. Anna et moi, on avait l'habitude de dîner ensemble le 25 et je ne veux surtout pas être là à cette date. Ma décision est prise.

Bien que sonnée, elle lui assura son soutien et celui des filles.

Un silence choqué enveloppa les deux amies lorsqu'elles quittèrent les lieux. Anita était très affectée par l'état de Fredrick qui préférait s'éloigner plutôt que de supporter la vie ici sans sa bien-aimée.

Camille, de son côté, ne pouvait s'empêcher de penser à l'enquête. Pouvait-elle enlever cet homme de sa liste de suspects ? La voisine avait formellement identifié Anna, bien vivante, sortir de chez lui et repartir en voiture. Et puis, il y avait aussi la tasse à café empoisonnée retrouvée dans le véhicule de Leif, avec les empreintes de Birgitta dessus.

Cependant, Fredrick était le dernier à avoir vu Anna et il clamait être certain de la mort d'Anna…

Camille expira bruyamment, fatiguée par ses propres pensées. L'enquête était peut-être un moyen de combler sa solitude… Noël était dans moins d'une semaine et elle n'avait toujours aucun plan. Elle se retrouverait probablement seule dans son appartement à déprimer, pendant que Mokkjokk ferait la fête en famille.

Chapitre 24

Affaire Holmgren : une veuve noire à Mokkjokk

Après avoir accusé sans preuve solide l'activiste same Caisa Tuorda, la police a enfin découvert les dessous de l'affaire Holmgren. L'inspecteur Björn Nilsson, nouvellement transféré sur l'enquête, a mis en examen ce dimanche Birgitta Holmgren, l'épouse de la victime.

Selon une source anonyme, Birgitta Holmgren attendrait un enfant, alors que son mari s'y opposait fermement ; un conflit d'intérêts majeur et un mobile parfait pour un meurtre.

L'accusée clame son innocence, malgré une accumulation accablante de preuves matérielles.

La tragédie ne s'arrête pas là.

La sœur de la victime, Anna Holmgren, aurait récemment découvert un trafic de bois illégal, tout juste après avoir repris la direction de l'entreprise. Choquée, elle aurait alors confié à sa belle-sœur son intention de stopper ce commerce illicite. Une grave erreur...

Folle de rage, Birgitta Holmgren l'aurait menacée de mort si elle révélait quoi que ce soit au grand jour. Anna n'a pas été revue depuis le jour de cette altercation.

Les autorités ont exprimé leur inquiétude.

Les autorités policières ont exprimé ce matin leur inquiétude face à la disparition d'Anna Holmgren et ont lancé un appel à témoin auprès de la population.

L'article, signé Bernie Freud, enchaînait sur le traumatisme qu'avait vécu Caisa lors de son arrestation, ainsi que sur une biographie larmoyante de la vie d'Anna et Leif. Leur mère, artiste-peintre, était partie sans un mot lorsqu'Anna avait huit ans et Leif, dix-huit. Celui-ci avait alors dû assumer seul la charge de l'éducation de sa petite sœur et abandonner son rêve de devenir sculpteur, tandis que leur père s'était réfugié dans son travail pour oublier son chagrin.

Quelques années plus tard, à la mort du doyen Holmgren, son fils avait repris la scierie et multiplié son chiffre d'affaires par trois en quelques années. Anna était toujours restée aux côtés de sa famille et œuvrait comme secrétaire dans l'entreprise, malgré une relation houleuse avec son frère. Son licenciement quelques jours avant l'assassinat de Leif n'était pas mentionné.

Camille reposa le journal en soupirant et prit la commande de l'homme qui venait d'entrer. Après la visite chez Fredrick la veille, elle avait décidé d'arrêter d'enquêter et avait jeté ses recherches. Cette histoire était désormais derrière elle et l'inspecteur bellâtre devrait se débrouiller tout seul pour retrouver Anna ! De toute façon, soit celle-ci était déjà morte, auquel cas personne ne pouvait plus rien pour elle, soit elle était en fuite loin de la ville en attendant que les choses se tassent. Tant que le meurtrier était derrière les barreaux — en l'occurrence, la meurtrière — et que Caisa était hors de cause, c'était tout ce qui comptait.

Légèrement honteuse de cet abandon soudain, Camille préféra se concentrer sur l'étrange personnage qui lui faisait face. Il portait un complet bleu marine, assorti à son chapeau melon et se tenait très droit, son cou entièrement caché dans une écharpe en soie bordeaux. En plein cœur de l'hiver, cette tenue lui parut totalement saugrenue. Elle-même ne sortait jamais sans un minimum de trois sous-couches de vêtements chauds, sans compter son gros manteau en duvet !

Il la fixait intensément du regard.

— Que puis-je vous servir ?

— Vous êtes bien Mademoiselle Dubon ? murmura-t-il.

Interloquée, Camille prit quelques secondes pour répondre.

— C'est exact, répondit-elle avec méfiance. On se connaît ?

— Non, non. Je vais prendre une brioche à la cannelle et un café à emporter, s'il vous plaît.

De plus en plus surprise, Camille prépara sa commande en se demandant comment il connaissait son identité. Il régla en espèces avec un vieux billet tout chiffonné et le temps qu'elle le déplie, il s'était envolé ! À l'intérieur du billet se trouvait un mot : « *Derrière la laverie à 18 h* ».

Qui était cet homme ? Que lui voulait-il ? Et pourquoi faire tant de mystères ? Troublée par ces questions, elle ne vit pas passer le reste de son service.

Après le coup de feu du déjeuner, Camille n'avait toujours pas pris de décision. Était-il bien prudent d'aller rejoindre un inconnu dans un lieu isolé, alors qu'on lui avait clairement fait comprendre en crevant ses pneus qu'il fallait qu'elle arrête de fouiner partout ? Ce mystérieux énergumène pouvait être dangereux ! Il avait pourtant réussi à piquer sa curiosité…

Finalement, elle en parla à Anita en cuisine. Se rendre à ce tête-à-tête seule était sans conteste une folie, mais y aller accompagnée d'une personne prête à intervenir en cas de problème semblait raisonnable.

— Tu es bien sûre de toi ? lui demanda son amie en jetant un énième coup d'œil au morceau de papier.

— Avoue que tu ferais la même chose, toi qui adores les secrets !

— D'accord, concéda Anita, un sourire malicieux aux lèvres, mais j'emmène Bounty !

Camille regarda la chienne tranquillement allongée dans son panier près du comptoir. En entendant son nom, elle avait relevé la tête avec intérêt.

Bounty était sans conteste l'animal le plus gentil et doux qu'elle ait eu l'occasion de rencontrer. Pas agressive pour un sou, elle saluait chaque client en remuant la queue et passait son temps à rechercher les caresses. Mais en cas d'attaque, elle ne serait pas d'un grand secours ! Bien sûr, si cela rassurait Anita de l'emmener, pourquoi pas ! Avec un peu de chance, l'homme au complet bleu marine était allergique aux chiens.

Anita accepta donc de fermer dix minutes plus tôt que d'habitude pour être à l'heure au rendez-vous. En échange, Camille reviendrait ensuite l'aider à tout mettre en place pour le lendemain.

En attendant la rencontre, elle téléphona à ses parents. Elle avait loupé le traditionnel coup de fil du dimanche, sans même prendre le temps d'envoyer un message pour prévenir que tout allait bien !

— Ah, ma chérie, comment vas-tu ? J'ai guetté ton appel ce week-end, mais je me suis dit que tu devais être occupée.

— J'étais chez Stina et Matt. Je les ai accompagnés sur un tour en chiens de traîneau.

— C'est bien, je suis contente que tu t'amuses ! J'aimerais tellement essayer ! Et pour Noël, que vas-tu faire ?

— Oh heu… Je serai avec des amis, mentit Camille.

Elle ne voulait surtout pas que sa mère sache qu'elle allait probablement passer les fêtes seule et déprimée dans son petit appartement impersonnel. La situation tendue avec son père la minait déjà assez.

— Et vous ? Vous allez chez tante Charlotte ?

— Mais oui, comme d'habitude, soupira Sylvie. Apparemment, elle a un nouveau compagnon et il sera là aussi. J'espère que Dominique gardera ses réflexions désobligeantes pour lui, je commence à en avoir assez de son comportement !

— Tante Charlotte a l'habitude, papa a toujours été un râleur, remarqua Camille. Où est-il ? Il n'est pas à la maison, je suppose, vu que tu ne chuchotes pas.

Mme Dubon s'éclaircit la gorge avant de répondre.

— Il est allé faire quelques courses pendant que je nettoie un peu.

Camille expira, agacée.

— Tu sais, maintenant que papa est à la retraite, il pourrait participer aux tâches ménagères. Il salit tout autant que toi !

— Oui et bien, je vais raccrocher, ma chérie. On se rappelle dimanche. Bisous, je t'aime.

— Je ne serai peut-être pas disponible ce week-end, j'aide un ami à déménager.

— Bon et bien, mardi, avant le dîner du réveillon. Allez, je file.

Sylvie Dubon préférait abréger une conversation plutôt que de rentrer dans un conflit ou de débattre sur un problème. À cause des nombreux déménagements imposés par son époux, elle n'avait jamais vraiment travaillé et était devenue une femme au foyer. Elle s'était occupée de la gestion de la maison, des courses, de la cuisine et de leur fille, pendant toute la carrière militaire de son mari. Mais à présent que son père était à la retraite, Camille voyait d'un mauvais œil le fait qu'il n'aide jamais sa femme.

Lorsqu'elle raccrocha, le silence de son appartement se fit plus intense. Elle regarda autour d'elle avec mélancolie, regrettant les Noëls passés en famille. Le mutisme revêche de son père était toujours mieux que la solitude ! Une larme coula sur sa joue et pour la première fois depuis son arrivée, elle se sentit isolée.

Pour ne pas rester à se morfondre, elle se rendit sur le lieu de rendez-vous pour une reconnaissance des lieux. Elle pourrait dénicher une bonne cachette pour Anita, un emplacement qui soit assez proche pour intervenir rapidement, mais discret et assez large pour un chien et son humain.

La zone industrielle de la laverie était un peu à l'écart du centre-ville, le long de la voie ferrée. Plusieurs hangars se succédaient, des tas de vieilles palettes recouvertes de neige traînaient çà et là et la rue n'était pas éclairée. Le parfait coupe-gorge, pensa Camille. L'entreprise fermant à 17 h, il n'y aurait personne aux alentours pendant l'entrevue.

Calée derrière le volant de sa voiture, Camille se prit à douter du bien-fondé de sa décision. N'importe quoi pourrait arriver et même si Anita tenait la forme, elle ne serait pas en mesure de la protéger contre un homme adulte ! Elle roula jusqu'à l'arrière du bâtiment pour vérifier le terrain.

La bâtisse était bordée par un petit sous-bois qui permettrait à Anita et Bounty de se cacher et elle repéra une caméra de surveillance dont la présence la rassura. Bien sûr, le mieux serait d'avoir une arme… une raquette par exemple !

Elle sortit de sa voiture et prit dans son coffre celles qui attendaient sagement la prochaine balade. Les griffes antidérapantes en métal seraient un redoutable moyen de défense ! Elle en cacha une à l'angle du bâtiment et posa l'autre sur son siège arrière. En cas de problème, elle pourrait facilement saisir l'une ou l'autre et frapper son agresseur !

Quelque peu rassurée, elle retourna au salon de thé.

Chapitre 25

Camille et Anita arrivèrent avec un quart d'heure d'avance sur le lieu de rendez-vous et Anita partit sans attendre se cacher dans les bois avec Bounty. Elle avait tenu à prendre avec elle un gros rouleau à pâtisserie qu'elle tenait fermement dans ses mains, tandis que sa chienne la suivait de près, sentant que la situation était inhabituelle.

Camille gara sa voiture à l'angle du bâtiment, là où elle avait caché la raquette, et laissa tourner le moteur. Ses phares jaunes illuminaient le parking désert.

Le thermomètre du tableau de bord affichait une température extérieure de -12 °C ; grâce à la couverture nuageuse, l'air s'était un peu réchauffé. La neige scintillait sous la lumière comme autant de petits diamants, mais Camille restait insensible à ce spectacle, trop stressée pour y prêter attention.

À dix-huit heures, il n'y avait toujours personne et elle se demanda si toute cette histoire n'était pas un canular. Puis quelqu'un frappa à sa fenêtre, lui arrachant un sursaut.

— Désolé, Mademoiselle, je ne voulais pas vous faire peur, dit l'homme qui lui avait donné le mot.

Drôle de façon de ne pas effrayer quelqu'un ! pesta Camille alors que son cœur cognait comme un fou contre sa poitrine. Les manières de cet individu étaient décidément très spéciales !

Il portait à présent un long manteau en tweed épais et une paire de gants en cuir, mais elle aurait reconnu son chapeau entre mille. Elle hésita entre ouvrir la porte et baisser la vitre. Sa raquette étant sur le flanc droit de sa voiture, si elle sortait côté conducteur, elle n'y aurait pas accès. Aussi étrange et illogique que cela puisse paraître, elle choisit donc de s'extirper maladroitement par le siège passager. Une fois dehors, les cheveux légèrement en bataille, elle caressa du bout des doigts les crocs en métal.

— Qui êtes-vous ? Et pourquoi m'avez-vous donné rendez-vous dans ce coin désert ?

— Je vous accorde que c'est un peu… étrange, concéda son interlocuteur, mais je veux être sûr que personne ne nous voit… Je suis l'avocat de Birgitta Holmgren, Maître Ericsson.

Camille le dévisagea avec surprise, mais garda le silence.

— Ma cliente souhaite que vous trouviez le véritable meurtrier de son défunt mari, afin qu'elle puisse être libérée.

— Mais… la police a retrouvé cette tasse empoisonnée avec ses empreintes dessus. C'est une preuve assez flagrante de sa culpabilité !

Il n'était pas question qu'elle se laisse amadouer si facilement.

— Elle est innocente ! insista l'avocat avec un peu trop de ferveur au goût de Camille.

— Comme la plupart des criminels, ironisa-t-elle. Pourquoi moi ? Birgitta et moi n'avons jamais parlé. Elle m'a même fermé la porte au nez quand j'ai voulu l'interroger. N'a-t-elle pas d'amis, de famille à qui s'adresser ?

— Non.

— Elle n'a qu'à engager un détective privé, c'est leur boulot après tout !

— Mme Holmgren pense que vous êtes la mieux… qualifiée… pour trouver l'assassin.

L'avocat avait prononcé ce mot avec une insultante condescendance qui la braqua. Pour qui se prenait-il ? Faire tout un mystère pour une demande aussi saugrenue ! Elle le dévisagea d'un œil mauvais.

D'un autre côté, cette affaire lui laissait un goût d'inachevé… Il manquait des éléments. Sans pour autant accepter la proposition, peut-être pourrait-elle apprendre quelque chose d'intéressant ?

— Développez, ordonna-t-elle d'un ton ferme.

— Vous allez enquêter ?

— Je n'ai pas dit ça ! Je dois d'abord me faire ma propre opinion sur la culpabilité de Birgitta. Quels sont ses arguments ?

L'avocat s'éclaircit la gorge.

— Jeudi dernier, après votre confrontation avec Anna Holmgren à la scierie, cette dernière s'est rendue chez ma cliente pour lui raconter ce qui s'était passé. Elle lui a demandé sans détour si oui ou non, elle avait tué son mari. L'ironie de la situation étant qu'elles se soupçonnaient mutuellement !

— Attendez, vous voulez dire que depuis le début, Anna pensait que Birgitta était coupable et inversement, et elles ne s'étaient jamais posé la question ?

— Exactement. Dans cette même soirée, ma cliente a reçu un coup de téléphone de sa coiffeuse, lui signalant que vous l'aviez interrogée à son sujet.

Camille était scandalisée. Katarzyna l'avait non seulement dépouillée de ses sous, mais en plus, elle avait tout balancé à Birgitta ?!

— Anna et Birgitta ont donc convenu qu'il fallait vous… inciter à ne plus fourrer votre nez partout. Vous n'aviez pas encore connaissance du trafic de bois et elles désiraient ardemment que cela reste ainsi. Ébruiter cette

« *activité* » aurait signé la fin de l'entreprise et ça, aucune des deux ne le souhaitait.

— Vous êtes en train de dire que c'est elles qui ont crevé mes pneus pour m'intimider ! De mieux en mieux !

— Non, en fait... C'est moi qui ai vandalisé votre véhicule. J'en suis fort désolé, avoua-t-il sans même rougir. À cette époque, vous étiez un danger pour ma cliente.

Camille n'en revenait pas ! Tous les avocats agissaient-ils en tant qu'homme de main ou était-ce seulement celui-ci ?! Il n'allait pas s'en tirer comme ça !

— Vous allez me rembourser mes pneus !

Maître Ericsson leva son chapeau melon en guise d'accord.

— Ensuite ? reprit-elle d'un ton froid.

— C'est la dernière fois que ma cliente a vu sa belle-sœur.

— Quoi, c'est tout ? Pourtant, selon Fredrick, Birgitta aurait menacé Anna de la tuer si elle stoppait les activités illicites de la scierie. Vous confirmez ?

— Absolument pas. Mme Holmgren m'a certifié qu'il n'y avait eu aucune dispute entre elles. Bien au contraire, les deux s'entendaient à merveille depuis l'annonce de la grossesse.

Camille réfléchissait rapidement. Si cet homme était vraiment celui qu'il prétendait, il possédait sûrement d'autres informations capitales.

— Parlons-en de cette grossesse. Qui est le père ?

— Son mari, évidemment, répliqua du tac au tac l'avocat.

Une réaction un peu trop prompte au goût de Camille.

— Vous mentez ! Leif passait ses soirées au *Krog* et était alcoolique. C'est le barman qui me l'a dit !

Elle pointa sur lui un doigt accusateur et le fusilla du regard.

— Vous, en revanche, semblez très protecteur envers « *votre cliente* » ! C'est très inhabituel pour un avocat ! Vous êtes amants !

Les pièces du puzzle s'assemblaient enfin et le silence contrit de l'avocat ne faisait que confirmer ses soupçons. Elle ne distinguait pas ses traits, mais sentait son regard furieux braqué sur elle.

— Vous êtes le père de l'enfant, avouez-le !

L'avocat applaudit lentement.

— Vous êtes perspicace, bravo !

— Vous qui avez tué Leif, car il l'avait découvert ! paniqua-t-elle en serrant encore plus fort la raquette.

Maître Ericsson soupira.

— C'est exactement pour cela que je ne m'adresse pas à la police, mais à vous ! Si je confesse que je suis le géniteur de cet enfant, l'inspecteur Nilsson va supposer la même chose et il me mettra en garde à vue. Qui défendra alors Birgitta ?

Il paraissait sincère. Une once de désespoir brisait sa voix et Camille était presque convaincue. Mais pouvait-elle vraiment lui accorder sa confiance ? Elle voulait en savoir plus.

— Je suis censée vous croire sans rechigner !

— Je… Je n'ai pas de preuve. Je vous demande simplement de me faire confiance. Si vous êtes venue, c'est bien que vous avez un doute.

Il marquait un point. Camille ressentait bel et bien de l'incertitude face à la culpabilité de Birgitta Holmgren.

— Et qu'a fait Birgitta le jour de la mort de Leif ?

— Elle est allée chez sa coiffeuse dans l'après-midi. Pour le reste, elle n'a pas bougé de la journée. Ma cliente souffre de terribles nausées matinales depuis qu'elle est enceinte. Elle ne sort que très peu. C'est Anna qui lui faisait ses courses.

— Elle n'a vu personne ?

— Non.

Si Birgitta n'avait pas tué Leif, alors qui ? Se pourrait-il qu'Anna soit la meurtrière ?

— Que faisait Leif le jour de sa mort ?

— M. Holmgren passait tous ses samedis à la scierie.

— Seul ?

— Sa sœur avait été congédiée quelques jours plus tôt et les ouvriers ne travaillent pas le week-end, donc oui, il était seul.

— Et la police continue-t-elle de mener des investigations ?

— Mme Holmgren a été inculpée pour homicide volontaire. Les autorités ont trouvé la tasse avec ses empreintes dans la voiture de son mari, ainsi qu'un bidon du même antigel utilisé pour l'empoisonnement, dans son garage. La juge estime avoir assez de preuves, malgré l'absence d'aveux ; l'enquête est donc terminée.

— Et pour la disparition d'Anna ?

— Les recherches continuent. À ce jour, la police penche pour une fuite. De nombreux témoignages prétendent avoir vu une femme avec un long manteau noir marcher en ville dans la nuit de samedi à dimanche.

— Mais c'est à peu près ce que tout le monde porte ici !

— Je n'en sais pas plus. L'inspecteur Nilsson n'est pas un partageur.

L'évocation de l'inspecteur agaça Camille. Elle n'avait pas oublié son coup de Trafalgar et ce souvenir douloureux la convainquit d'accepter l'offre de Maître Ericsson.

— OK, je vais voir ce que je peux faire.

Satisfait, l'avocat souleva son chapeau melon en guise de salut et repartit d'où il était venu, s'enfonçant dans l'obscurité comme s'il n'avait jamais existé. Vraiment très étrange, pensa Camille sans pouvoir réfréner un frisson.

Ses muscles se détendirent petit à petit et elle se rendit compte qu'elle n'avait pas lâché la raquette de toute la conversation.

— Anita ? C'est bon, la voie est libre !

Celle-ci sortit de sa cachette et Bounty, sentant que la tension s'était évanouie, sauta sur Camille en remuant la queue. Tout en la caressant, celle-ci raconta à son amie la demande de l'avocat.

— Qu'en dis-tu ?

— On se croirait dans un des polars du club de lecture ! frissonna-t-elle. Ce maître Ericsson a le sens de la mise en scène !

— C'est vrai qu'on ne pouvait pas trouver plus glauque comme endroit.

— Tu vas le faire ? souffla Anita.

— Et toi ? Tu vas m'aider ?

Anita afficha un sourire malicieux et s'engouffra dans la voiture en prenant sa chienne sur les genoux.

— Allons nous mettre au chaud et faire un plan !

Chapitre 26

Cela faisait plus d'une heure que les deux amies imaginaient des théories plus farfelues les unes que les autres concernant la mort de Leif et la disparition d'Anna. Des restes de kebab au renne étaient étalés sur la table, à côté de deux tasses de thé vides et de multiples brouillons.

— Si ce n'est pas Birgitta ni son amant, c'est forcément Anna ! rabâcha Camille pour la centième fois. Tout ramène à elle, le licenciement, le trafic de bois, les tensions avec son frère et même la grossesse. En voyant que l'étau se resserre, elle crée des indices qui accusent sa belle-sœur et en profite pour s'enfuir.

— Excuse-moi, ma chérie, mais c'est tiré par les cheveux. Dans ce cas, pourquoi demander à Birgitta d'avouer le meurtre de son mari ? Ça n'a pas de sens.

— Au contraire, elle détournait ainsi la suspicion de Birgitta. L'avocat m'a dit qu'elle avait des doutes ! C'est brillant !

— Pas tant que ça ! insista Anita. Partir est le meilleur moyen d'attirer les soupçons. À présent, l'enquête va obligatoirement se focaliser sur elle.

— Parlons-en de cette enquête ! Bidonnée du début à la fin pour accuser une activiste qui luttait contre la déforestation ET qui avait eu une relation intime avec Anna. Qui a le pouvoir de faire ça ? Des personnes influentes ! Et qui a beaucoup de contacts ? Les Holmgren !

— Anna et Caisa étaient ensemble ?!

Oups, Camille avait complètement oublié que personne n'était au courant de ce détail. Elle supplia Anita de ne rien révéler. Les Tuorda avaient eu leur compte de ragots et Willy lui avait fait promettre de ne rien dire.

Les idées se bousculaient dans sa tête et son petit Sherlock mental lui serinait de ne pas faire d'allégations sans preuve. Il avait raison, elle avait besoin de plus de données.

— Allons nous coucher, bâilla Anita, on y verra plus clair demain ! Et puis, nous devons être en forme pour le menu spécial Noël de la semaine ! Les clients vont se bousculer !

Camille acquiesça. Réfléchir à tête reposée serait sans doute plus efficace.

— Que fais-tu pour le réveillon ? demanda-t-elle innocemment.

— Je le fête avec Eva depuis qu'elle a divorcé il y a quelques années. Son fils passe toujours le 24 chez son père, donc on se fait notre Noël à nous, entre dames.

— Super ! C'est vrai que c'est toujours mieux que de le passer seule… soupira Camille avec un air de chien battu.

— Et toi ? Tu vas chez tes amis mushers ?

— Je ne sais pas encore… ils ne m'ont pas invitée, alors…

Anita regarda Camille avec malice.

— Bien sûr, ma chérie, tu peux venir avec nous ! Je ne comprends pas pourquoi je n'y ai pas pensé avant ! Tu es la bienvenue.

Rayonnante, Camille lui sauta au cou. C'était tout ce qu'elle voulait : passer Noël avec ses amies !

— Prévoyez-vous des cadeaux ? Je pourrais préparer quelque chose, un dessert par exemple.

— Achète un présent de maximum deux cents couronnes et pour le repas, on se retrouvera la veille pour faire les courses. On cuisine toujours ensemble ce jour-là, avec un petit verre de vin rouge. C'est exquis !

Quand Camille rentra chez elle, son appartement ne lui parut plus aussi déprimant. Elle avait même envie de se calquer sur la mode suédoise et de suspendre un peu partout des lumières de Noël. Il fallait qu'elle se mette dans l'ambiance, car elle aussi allait célébrer le 24 décembre comme il se devait. Portée par l'allégresse, elle se coucha en se demandant ce qu'elle allait bien pouvoir trouver comme cadeau.

Elle marchait dans les bois, raquettes aux pieds. Les arbres recouverts de neige brillaient tels des diamants sous la lueur de la pleine lune. Bounty, le chien d'Anita, suivait ses pas pour ne pas s'enfoncer dans la poudreuse. Le silence était palpable. Soudain, un craquement bruyant retentit dans la forêt et Camille bondit en trébuchant sur Bounty, puis s'étala de tout son long dans les flocons froids. Ses yeux se fermèrent sous le choc. Lorsqu'elle les rouvrit, le ciel était rouge et les arbres saignaient. Prisonnière d'un cercueil de glace, elle vit une silhouette au-dessus de sa tête, qui brandissait une tronçonneuse d'un air menaçant. Quand il l'abattit sur elle, elle se réveilla en sursaut dans son lit, son cœur battant la chamade.

Sa chambre était plongée dans l'obscurité et il lui fallut quelques secondes pour sortir des brumes de son cauchemar. Il était six heures du matin. Incapable de se rendormir, elle se leva pour se faire un café en allumant toutes les lumières sur son passage. Alors qu'une bonne odeur d'arabica envahissait la cuisine, Camille prit dans le fond de son tiroir à bazar, son carnet d'enquête, unique vestige de ses recherches.

Elle devait tout reprendre à zéro pour découvrir la faille. Le crime parfait n'existait pas, il y avait forcément des indices laissés par le meurtrier et elle était déterminée à les trouver.

Elle lut son calepin encore et encore, mais ne voyait rien de plus que ce qu'elle avait ressassé des dizaines de fois. Elle était dans une impasse, face à un immense mur de briques. Dans son esprit, il n'y avait que deux possibilités : soit Anna était la tueuse, soit Fredrick.

Au vu de leur derière rencontre, elle avait du mal à imaginer le bibliothécaire en assassin manipulateur. Et puis comment aurait-il fait disparaître la voiture d'Anna avec la vieille chouette qui surveillait tout le quartier jour et nuit ? Non, elle était persuadée que la coupable n'était autre que la sœur de la victime.

Quoi de mieux pour s'aérer l'esprit qu'une balade dans la neige ? Sur un coup de tête, elle décida de monter au sommet de la colline du Grand Garçon. Un grand bol d'air frais lui serait plus que bénéfique et débloquerait ses neurones. Puis, elle passerait à la scierie sur le chemin du retour, mue par l'espoir de trouver de nouveaux indices.

Le petit quartier de lune coincé dans le ciel ne parvenait pas à éclairer l'épaisse obscurité et Camille dut s'équiper de sa frontale. Elle marchait d'un bon pas, exhalant un nuage de vapeur à chaque expiration et ses raquettes crissaient dans la neige, l'empêchant d'entendre le silence.

À mi-chemin, elle dut prendre une pause pour calmer un point de côté. Elle n'avait encore croisé personne, ce qui n'était pas étonnant étant donné l'heure matinale. Mais là, seule au milieu des bois, une légère angoisse lui tordit les entrailles, écho de son cauchemar de la nuit.

Soudain, un chuintement retentit, puis le bruit de branches que l'on frôle. Des pas se rapprochaient, assourdis par les battements de cœur paniqué de Camille. Aucun doute, quelqu'un d'autre rôdait dans le noir ! Le tueur de Leif ?!

Sans réfléchir, elle se mit à grimper le plus rapidement possible vers le sommet de la colline. Le bruit venait de derrière elle et elle n'avait aucune intention de se retrouver face à un détraqué ! Au moins là-haut, il y avait cette cabane où elle pourrait se cacher !

Ses raquettes l'empêchaient de courir aussi vite qu'elle l'aurait voulu et elle effectuait de grands pas à l'aide ses bâtons. Nul doute qu'un spectateur aurait bien rigolé en la voyant ainsi se débattre dans la poudreuse ! Mais à l'heure actuelle, elle se fichait bien de son allure, la seule chose qui importait était d'échapper à son assaillant !

Quand elle arriva en haut, essoufflée et rouge, elle se précipita à l'intérieur de la cabane qui était toujours ouverte pour les randonneurs. Ses raquettes sur le sol en bois faisaient un boucan de tous les diables, mais elle n'avait pas le temps de les enlever. Les vitres étaient couvertes de givre et il était impossible de voir au travers. Un bon point !

Une grande table en pin bordée par deux bancs occupait l'espace, ainsi qu'un poêle installé dans un coin. Les cachettes n'étaient pas nombreuses, le mieux était encore de se tenir derrière la porte. Avec un peu de chance, son attaquant ne la trouverait pas.

Après quelques minutes d'attente dans le silence gelé, elle perçut de petits bruits, comme un glissement dans la neige, accompagné d'un souffle régulier. Il arrivait ! Figée, Camille essaya de respirer le plus doucement possible. L'agitation cessa.

— Ça va là-dedans ? grogna une voix grave.

Les yeux fermés, elle retint son souffle.

— Je sais que vous êtes à l'intérieur, je vois votre lumière !

Nom de dieu, quelle cruche ! se maudit-elle en mettant la main sur sa frontale. Elle avait complètement oublié que sa lampe était allumée ; faut-il être gourde à ce point ?!

— Je suis de la police, inspecteur Nilsson. Je ne vous veux aucun mal.

Camille écarquilla les yeux. Quoi ?! Inspecteur bellâtre ?! Que faisait-il ici de si bon matin ? Et d'ailleurs, pourquoi la suivait-il ? Ou peut-être avait-il simplement besoin d'air frais… et qu'elle s'était monté la tête pour rien ?!

Honteuse, à grand bruit de raquettes raclant le sol, elle ouvrit la porte de la cabane. Le sang lui monta aux joues lorsqu'elle aperçut la silhouette de l'inspecteur moulée dans un caleçon à deux mètres d'elle.

— Mademoiselle Dubon ? Vous allez bien ? demanda-t-il surpris.

— Oui, je… je me reposais tranquillement, c'est tout ! Ce n'est pas un crime, j'espère ? le rabroua-t-elle.

Elle regretta aussitôt son ton ironique et agressif. Björn Nilsson se raidit quelque peu et rechaussa ses skis pour partir.

— Attendez ! Désolée, en fait… vous m'avez fait une peur bleue. J'ai cru que vous me poursuiviez… enfin… que vous étiez… oubliez ! avoua-t-elle, confuse.

— Ce n'est pas très prudent de venir ici toute seule en ce moment, répliqua l'inspecteur sur un ton mi-amusé, mi-agacé. Je ne voudrais pas avoir une deuxième disparue.

Camille prit la perche qu'il lui tendait.

— Vous n'avez toujours aucune nouvelle ? Avez-vous des pistes ?

— L'enquête suit son cours, marmonna-t-il.

— Mais pensez-vous que Birgitta l'a tué ? Êtes-vous certain que c'est elle la coupable ?

Il poussa un soupir exaspéré. Il n'avait aucune intention de révéler quoi que ce soit à cette fouineuse, pas après l'erreur qui l'avait conduit dans ce trou paumé ! Ses détracteurs scrutaient la moindre de ses actions, prêts à l'enfoncer un peu plus et il était hors de question de leur accorder ce plaisir ! Si cette affaire était menée avec succès, peut-être ses supérieurs le renverraient-ils dans le sud ? Tout espoir était bon à prendre.

Devant le silence buté de l'inspecteur Nilsson, Camille essaya une autre stratégie.

— Birgitta n'est pas la meurtrière de Leif ! C'est Anna, l'assassin ! Elle s'est enfuie, car elle savait que son crime allait être bientôt démasqué. Il faut que nous trouvions des preuves de sa culpabilité ou une innocente va aller en prison !

Le « nous » de sa phrase fit tiquer Nilsson. Pensait-elle vraiment qu'ils allaient enquêter ensemble ?! Cette femme ne manquait pas de culot !

— Écoutez-moi bien, répliqua-t-il d'un ton ferme. La juge estime qu'elle a suffisamment d'arguments pour faire condamner Birgitta Holmgren. L'enquête est bouclée et il n'y a aucun « nous » dans celle pour retrouver Anna. Maintenant, excusez-moi, je vais finir mon sport et aller travailler.

Il lui tourna le dos et Camille ne put s'empêcher de loucher sur ses fesses moulées dans son caleçon. Agacée par elle-même, elle tenta une dernière fois sa chance.

— Je sais que vous ne croyez pas à la culpabilité de Birgitta, cria-t-elle avec ferveur, je vais chercher jusqu'à ce que je vous prouve que j'ai raison !

L'inspecteur Bellâtre revint sur ses pas, rouge de colère.

— Vous avez intérêt à vous tenir à carreau ou je vous fais arrêter pour obstruction à la justice, suis-je assez clair ? Vous n'êtes pas une enquêtrice et nous ne sommes pas en train de jouer au Cluedo ! Tenez-vous en aux pâtisseries et au café !

Camille, outrée, se raidit en le fusillant des yeux. Elle n'était pas une enfant à qui l'on pouvait taper sur les doigts ! Ils se toisèrent ainsi quelques secondes, une expression de défiance sur leurs visages, puis elle partit la première, se donnant ainsi l'impression d'avoir eu le dernier mot.

Elle passa devant lui comme une furie, de cette drôle de démarche entravée par ses raquettes, mais quelques dizaines de mètres plus loin, il la frôla en descendant la piste à toute allure — avec style —, ce qui l'énerva encore plus !

Chapitre 27

Sur le chemin du retour, les mains crispées sur le volant en rejouant la scène avec Nilsson — dans laquelle elle avait évidemment le dernier mot ET autant d'allure que lui —, Camille oublia complètement de passer à la scierie. À la place, elle fila sous la douche, puis saisit son téléphone, impatiente.

Elle avait besoin d'une aide qu'Anita ne pouvait lui donner. Il lui fallait quelqu'un avec des contacts, quelqu'un qui pourrait obtenir des renseignements difficiles à trouver et qui avait une sorte de permis de fouiner.

— Bonjour, Scully, que puis-je pour toi aujourd'hui ? chantonna Bernie de bonne humeur. Je ne sais rien de plus que ce que je t'ai dit la dernière fois.

— J'ai des informations et j'ai besoin de ton aide.

Il savoura ces paroles : se faire mousser et être indispensable, voilà exactement ce qu'il adorait.

— Je t'écoute, gazouilla-t-il d'une voix doucereuse.

Camille lui raconta son entretien avec l'avocat, en omettant, cependant, que celui-ci était le père de l'enfant de Birgitta. S'ils étaient vraiment innocents, la presse n'avait pas besoin d'être informée de leur vie privée.

— Peux-tu te renseigner sur Maître Ericsson et vérifier qu'il est bien celui qu'il prétend ? Il est… bizarre, frissonna-t-elle en se remémorant leur rendez-vous.

— Mais bien sûr, ma belle, tu peux compter sur moi. J'adore les gens étranges, ils ont souvent des secrets cachés qui font de très bons scoops !

Elle leva les yeux au ciel, Bernie avait le nez pour les exclusivités !

— Crois-tu ce qu'il t'a dit ? Parce que si Birgitta n'est pas coupable, nous sommes face à une autre erreur judiciaire et je ne peux qu'imaginer les gros titres ! Ça va faire un carton ! se délecta-t-il d'avance en se frottant les mains.

Elle réfléchit quelques instants avant de répondre.

— Je sais qu'elle a un mobile pour le meurtre de Leif, mais je ne vois vraiment pas pourquoi elle aurait tué sa belle-sœur ! Je suis sûre que c'est Anna la vraie coupable et qu'elle détient les clés du mystère. D'ailleurs… peux-tu demander à ton contact dans la police de te tenir au courant des avancées sur les recherches ?

— Il n'y a rien que Bernie Freud, valeureux journaliste au service de la vérité, ne puisse faire, se vanta-t-il.

Ce manque d'humilité lui fit froncer les sourcils, mais s'il pouvait l'aider, après tout, peu lui importait.

— Au fait, lâcha Bernie, tu seras probablement intéressée d'apprendre que l'inspecteur Nilsson réinterroge le bibliothécaire en ce moment même.

— Quoi ? Mais, tu viens de me dire que tu n'avais aucune nouvelle !

— C'est donnant-donnant, ma belle, je ne peux pas toujours être ton informateur.

— Je ne suis pas ta belle ! ronchonna-t-elle.

Que l'inspecteur bellâtre pose à nouveau des questions à Fredrick était bon signe, estima-t-elle. Peut-être que leur… altercation de tout à l'heure avait porté ses fruits et qu'il allait creuser le meurtre de Leif !

Elle remercia sincèrement Bernie, avant de raccrocher. L'heure n'était plus aux questions, son service allait bientôt commencer.

Durant la semaine qui précédait Noël, Anita proposait un menu spécial tous les midis. En plus des traditionnels kebabs et tartines garnis, les clients pouvaient commander une assiette inspirée des « *Julbord* » — table de Noël en suédois.

En Suède, le dîner du réveillon était légèrement différent de celui en France. Le banquet se présentait sous la forme d'un buffet composé de plats traditionnels : jambon rôti, harengs, saumon fumé, patates à l'eau et gratin de chou aux anchois côtoyaient les saucisses cocktail et la salade de betteraves. En dessert, la bûche faisait place à un riz au lait épicé à la cannelle. Chaque convive se servait au gré de sa faim et durant tout le mois de décembre, de nombreux restaurants offraient des festins de Noël plusieurs fois par semaine.

À Mokkjokk, *Au Fika d'Anita* était célèbre pour son assiette « *buffet* » à un prix abordable et chaque année, les locaux s'y pressaient pour la déguster.

La charge de travail supplémentaire était conséquente, aussi Camille aiderait à temps complet jusqu'au 23 décembre.

Lorsqu'elle poussa la porte du salon de thé, elle fut subjuguée par les décorations complémentaires qu'Anita avait installées dans la matinée. Une multitude de boules à paillettes rouge et or étaient accrochées au plafond, un sapin trônait dans l'angle où se tenait habituellement la table de Fredrick et des guirlandes colorées ornaient chacune des chaises.

— Ah, ma chérie, tu tombes bien, dit Anita, perchée sur un escabeau. Va voir dans la remise, j'ai sorti deux cartons de vaisselle de Noël. Remplace nos tasses par celles qui sont dedans. Il nous reste trente minutes avant l'ouverture et je veux que tout soit parfait !

Un immense sourire illumina le visage de Camille, la joie de son amie était communicative et elle oublia très vite l'enquête. Elle n'eut d'ailleurs plus le temps de penser à autre chose qu'à son travail, car dès que les portes furent déverrouillées, les clients affluèrent pour déguster un vin chaud et des brioches au safran. Un air de fête flottait dans l'air, porté par le joyeux brouhaha des conversations et Camille sentit l'excitation de Noël la gagner.

Pour coller au thème, Anita et elles portaient un chapeau de lutin vert et rouge et un tablier assorti. Dehors, la neige s'était remise à tomber à gros flocons, complétant le décor à la perfection et des chansons de saison baladaient leurs notes de musique parmi les convives.

Quand elle ferma la porte à clé à la fin de la journée, Camille était lessivée. Un flot ininterrompu de clients avait défilé dans le salon de thé, sans même lui laisser le temps de s'asseoir pour manger. Elle avait rapidement englouti un petit sandwich entre deux commandes et se sentait affamée. À présent, tout ce qu'elle voulait c'était son canapé, une pizza et un bon film. Pourtant, le travail n'était pas terminé. Son regard passa désespérément sur le chaos de la pièce. De la neige fondue parsemait le sol couvert de traces de chaussures, les chaises et les tables s'entremêlaient en désordre, quelques serviettes en papier gisaient par terre, entourées de miettes de brioches. C'était l'anarchie.

— Ne t'en fais pas, la première journée est toujours la pire, la rassura Anita en sortant de la cuisine avec deux belles assiettes bien fournies. Les habitants attendent cet évènement avec impatience et ils s'y précipitent comme des loups affamés ! Il y aura autant de monde samedi, mais le reste de la semaine sera plus calme.

Camille était fatiguée d'avance, d'autant plus en pensant que la semaine se terminerait sur le déménagement de Fredrick ! Le chaos qui régnait dans sa maison était digne des douze travaux d'Hercule !

Elle saisit avec reconnaissance l'assiette que lui tendait Anita, car même si elle n'était pas fan des harengs, elle adorait le jambon rôti. Elles prirent le temps de papoter et de se détendre et Anita éclata de rire quand Camille lui raconta sa frayeur du matin avec l'inspecteur Nilsson.

Au moment de se séparer, après un long et pénible ménage, Anita prit la main de Camille d'un air solennel.

— Je tenais à te dire que je suis très contente de travailler avec toi. Je pense que nous formons une bonne équipe.

Ces paroles lui allèrent droit au cœur. Elle aussi se sentait bien ici et ne regrettait absolument pas sa décision de s'installer à Mokkjokk.

***

— Salut, Scully, comment vas-tu ?

— Bernie ? Quelle heure est-il ? répondit Camille d'une voix ensommeillée, le téléphone posé sur son oreille. Bien qu'elle ait emménagé dans la région depuis un peu plus d'un mois, elle avait encore du mal à se réhabituer à l'obscurité, particulièrement lorsqu'elle se réveillait ! Impossible de savoir s'il était temps de se lever ou bien si elle pouvait profiter de sa couette chaude quelques heures supplémentaires.

— Il est 7 h, ma belle. L'avenir appartient aux gens qui se lèvent tôt ! lança le journaliste avec entrain.

— L'avenir appartient aux gens qui dorment suffisamment pour pouvoir attaquer leur journée, grommela-t-elle en retour.

— Tu veux des infos ou pas ?

Bien sûr, quelle question ! Elle se redressa aussitôt et tendit l'oreille.

— La voiture d'Anna a été flashée sur la route de Leluo, samedi soir.

— Mais c'est génial ! Est-il possible de voir qui était le conducteur ?

— Malheureusement pas, on ne distingue que la plaque d'immatriculation.

— Le doute est donc toujours permis ! Anna pouvait très bien être morte pendant que son meurtrier conduisait sa voiture !

— C'est une éventualité, concéda Bernie, la police est sur le coup.

Quelle déprime ! Ce nouvel indice n'apportait rien !

— Et l'avocat ?

— C'est bien l'homme qui défend Birgitta Holmgren. À part son goût pour les mises en scène, il n'y a rien de suspicieux chez lui.

C'était déjà ça, il y avait au moins une bonne nouvelle.

— Je t'en supplie, dis-moi que tu vas continuer les recherches !

— Je suis désolé, ma belle, mais je ne peux pas faire grand-chose de plus.

— Je ne suis pas ta belle ! s'agaça Camille.

— OK, répliqua Bernie, mais Birgitta n'est peut-être pas innocente, la juge en décidera !

Et il raccrocha sèchement.

Camille s'en voulut immédiatement. Bernie avait fait tout ça pour l'aider — et dénicher un scoop — et elle n'avait aucune raison de s'en prendre à lui. Sans lui, Caisa croupirait encore dans une cellule. Elle se jura de lui envoyer un petit message d'excuses.

En attendant, elle devait prévenir Maître Ericsson que ses investigations avaient lamentablement échoué. Elle ne voulait pas prendre le risque d'être poursuivie pour obstruction à la justice et ne savait pas comment retrouver Anna. Il ne restait qu'à espérer que l'inspecteur bellâtre soit un flic efficace, car la découverte de la vérité reposait à présent sur ses épaules.

***

— Il paraît que Birgitta n'a pas décroché un mot depuis son inculpation, déclara Camille en préparant deux gros pots de café. Son avocat a parlé à ses parents, mais ils refusent de venir ici. Ils disent qu'ils s'occuperont de l'enfant si besoin.

— Quand bien même elle serait coupable, je me sens désolée de ce qui lui arrive. Être enceinte en prison alors qu'avoir un bébé était son rêve doit être une torture, regretta Anita.

Camille, chapeau de lutin sur la tête, ne ressentait pas la même allégresse que la veille. Sa conversation avec Bernie la plongeait dans le découragement le plus total et la culpabilité lui vrillait l'estomac. Elle aurait voulu prendre son courage à deux mains et pénétrer par effraction chez Anna et dans la scierie pour trouver des indices. La police avait peut-être loupé quelque chose…

Comment les enquêteurs parvenaient-ils à surmonter le doute et l'angoisse de faire condamner la mauvaise personne ?

Heureusement, la journée fut assez remplie pour la distraire de ses sombres pensées et Anita l'invita à voir une chorale de Noël à l'église dans la soirée, avec les filles.

***

Le groupe de quatre chanteurs « *Les échos des cygnes blancs* » se produisait partout en Suède et Mokkjokk avait la chance de faire partie de la tournée. C'était un évènement attendu par les habitants et une foule dense se faufilait par les deux grandes portes ouvertes de l'église.

Ce bâtiment était bien plus imposant que la petite chapelle rouge. Tout en bois, peint en crème, l'édifice se dressait majestueusement dans le blizzard hivernal, tel un château de princesse. Il était facile d'imaginer un conte de fées prenant place dans les deux tours qui surplombaient les toits verts et pentus. Une douce lueur filtrait au travers des dizaines de vitraux qui parsemaient la façade, invitant les habitants à entrer.

Anita, Camille, Ingrid et Eva s'étaient installées sur l'un des nombreux bancs en pin, au milieu de la grande salle aux hauts plafonds. Quatre micros attendaient devant l'orgue, tout au fond, sous une rosace multicolore.

Quand tout le monde fut assis, les lumières baissèrent et la voix des chanteurs emplit l'église tout entière, portant tour à tour, des notes joyeuses ou tristes, calmes ou plus rythmées. Camille sentit les larmes lui monter aux yeux. La pression qu'elle s'était mise sur les épaules depuis le meurtre, la déception, le doute, la peur, tous ses sentiments semblaient danser dans son corps au gré de la mélodie. Elle n'osait pas regarder ses amies, mais aperçut tout de même Eva se tamponnait régulièrement les joues avec un mouchoir. L'émotion transcendait le public.

À la fin du concert, après plusieurs salves d'applaudissements et quand les lumières se rallumèrent, la magie se brisa. Eva et Camille avaient les yeux rougis et leurs deux amies ne manquèrent pas de le leur faire remarquer en se moquant. Puis elles allèrent toutes les quatre prendre un dernier verre au *Krog*.

Le cœur de Camille resta de marbre lorsqu'elle aperçut Mattias. Elle ne ressentait plus rien pour lui et se sentit même tout à fait stupide d'avoir un jour éprouvé de l'attirance pour cet homme. Heureuse, elle trinqua avec ses amies.

Chapitre 28

L'ampleur de la tâche paraissait immense. Non seulement Fredrick n'avait pas commencé les cartons, mais il avait même éparpillé encore plus de bazar partout.

Camille, Anita, Ingrid et Eva se tenaient dans l'embrasure de la porte, déconfites. Il était absolument impossible de marcher sans écraser un manteau, un livre ou un bibelot et Fredrick allait et venait avec frénésie en ramenant toujours plus de choses du garage, qu'il étalait par terre sans vergogne.

— Fredrick, ça va ? s'inquiéta Anita.

Un jappement étouffé se fit entendre, mais Holmi n'était visible nulle part. Soudain, un tas de vêtements bougea et il en sortit la tête avec humeur en aboyant des reproches à son humain. Ses poils étaient tout ébouriffés !

— Vous êtes arrivées, c'est parfait, grommela Fredrick sans prêter attention à Holmi. Je vais me débarrasser de tout ça. J'ai… où sont-ils ?... Ah ! Voilà ! J'ai acheté plusieurs rouleaux de gros sacs poubelles. Vous n'avez qu'à tout mettre dedans et je les porterai à la déchetterie demain.

Il parlait vite et gesticulait dans tous les sens, comme submergé par ce déménagement.

— Tu veux tout jeter ?! s'offusqua Ingrid. Mais il y a plein de choses que tu peux donner à la Croix Rouge.

— Non, je veux que ça aille le plus vite possible ! On emballe et on jette ! s'énerva-t-il avant de repartir vers le garage.

Ingrid se posta face à ses amies, les mains sur les hanches et les sourcils froncés, tandis qu'Holmi vint se réfugier entre ses pieds.

— Il n'est pas question que l'on se débarrasse de quoi que ce soit, c'est compris ? ordonna-t-elle. Nous allons trier ! Les vêtements d'un côté dans des sacs plastiques, les bibelots dans les cartons, ainsi que les livres. Peut-être que *Monsieur* est assez riche pour se permettre de jeter, mais ce n'est pas le cas de tout le monde ! Maintenant, au boulot !

Les filles la regardèrent en hochant la tête, puis se laissèrent entraîner dans la tornade ménagère.

Ingrid rejoignit le bibliothécaire au garage, Eva alla dans la chambre et Anita dans la cuisine. Camille resta au salon, dans une mer de vêtements éparpillés au sol. Holmi resta avec elle pour la soutenir psychologiquement et s'installa sur le fauteuil en creusant un petit nid dans le tas d'affaires. Prenant son courage à deux mains, elle s'empara d'un sac-poubelle et le remplit de tout ce qui lui passait par la main : vestes, tee-shirts, chaussettes perdues, bonnets, gants, il y en avait pour tous les goûts et de toutes les tailles ! Comment était-il possible d'accumuler autant de choses ? Pour elle qui avait souvent déménagé, c'était un mystère. Ses parents ne l'autorisaient à conserver que l'équivalent de deux cartons entre chaque maison, aussi, elle avait appris à ne garder que le strict nécessaire.

— Camille ! Regarde ce que j'ai trouvé, s'extasia Eva depuis la chambre d'amis.

Elle tenait un grand manteau noir, long jusqu'en dessous des mollets, avec un col bordé de fausse fourrure.

— Toi qui as tout le temps froid, ça serait parfait ! C'est pile ta taille en plus, soupira-t-elle avec une lueur d'envie dans les yeux.

Eva était une femme ronde très coquette qui désespérait de sa petite taille.

Camille prit le vêtement et le détailla d'un œil critique. Il était orné de strass brillants et le tissu était froissé, comme c'était la mode quelques années en arrière. Que faisait ce manteau dans la garde-robe de Fredrick ?

— Désolée, mais je n'aime pas du tout le style. Et puis, j'ai déjà un manteau super chaud que j'adore. C'est très gentil de m'avoir demandé.

Eva haussa les épaules, faussement vexée et retourna dans la chambre d'amis. Camille lança l'anorak sur le canapé, son instinct lui susurrant de le conserver. La voisine avait vu Anna partir vêtue d'un long manteau noir, elle aurait pu faire une erreur sur la personne… Sans crier gare, Holmi se jeta alors dessus pour le mordre.

— Holmi ! Non ! Qu'est-ce qu'il te prend ? rouspéta Camille en tentant de le lui confisquer.

Il se figea, surpris par cette autorité soudaine, mais au lieu de lui rendre son butin, il s'installa dessus en la défiant du regard.

— Très bien, soupira Camille, tu peux le garder, mais ne l'abîme pas !

Holmi s'allongea en jappant sous l'œil amusé de l'humaine. Cet animal était bien plus intelligent qu'elle ne le pensait.

Après plusieurs heures de travail, le sol était enfin dégagé et Camille s'attaqua aux livres et aux bibelots. Elle avait mal au dos à force de se plier en quatre et la pause du déjeuner fut la bienvenue. Anita avait apporté les nombreux restes du salon de thé. Fredrick, toujours perturbé, se tenait en retrait du groupe et même Holmi n'osait pas le déranger.

Pour Camille qui l'épiait du coin de l'œil, son comportement était suspect. Pourquoi déménager si rapidement quand il lui suffisait de prendre des vacances durant la période des fêtes ? Sans parler de ce long manteau noir qui correspondait parfaitement à la description de la voisine…

Elle secoua la tête. Non, elle se faisait sans doute des idées ! Elle avait trouvé toutes sortes de vêtements dans ce bazar, y compris des escarpins et un soutien-gorge. Fredrick devait sans doute être atteint du syndrome d'accumulation compulsive. Et puis, il habitait cette maison depuis plus de quinze ans, ça ne devait pas être simple pour lui de la voir se vider petit à petit, surtout dans les circonstances actuelles.

La pause-déjeuner fut rapide et l'enthousiasme contenu, personne n'osant risquer un affrontement avec Fredrick. Seul Holmi poussa des jappements de joie lorsque Camille lui donna des petits bouts de jambon.

En milieu d'après-midi, Camille se redressa une ultime fois avec un soupir de soulagement. À part le porte-manteau qui croulait encore sous les dernières fripes, la pièce était en ordre. Anita et Eva émergèrent alors de leurs quartiers respectifs et Camille les soupçonna d'avoir attendu que tout soit fait pour se montrer.

— Je vais faire du café, on mérite bien une petite pause, déclara Anita en soupirant devant l'état de la cuisine.

— Je vais t'aider, rajouta prestement Eva. Je suis crevée !

Elles se réfugièrent dans la cuisine ouverte et sortirent cinq tasses en papotant et Camille ouvrit un énième sac poubelle pour y entasser les derniers vêtements. Il y avait beaucoup de gros manteaux d'hiver et de combinaisons, aussi elle avança plutôt vite. Lorsqu'il ne resta presque rien, elle remarqua alors que le meuble n'était pas tout à fait collé au mur et qu'un chapeau s'était faufilé derrière. Elle le tira, se baissa et sentit du bout des doigts le tissu très doux. Lorsqu'elle se releva sans attendre, sa trouvaille à la main, son sang ne fit qu'un tour. Holmi se mit à gémir.

— Les filles !

Eva et Anita papotaient joyeusement en prétendant ne pas l'entendre.

— Les filles ! cria plus fort Camille en leur montrant la fourrure. C'est… c'est le chapeau d'Anna !

Elles se turent immédiatement et se tournèrent vers elle.

— Elle a dû l'oublier quand elle est passée ici la semaine dernière, dit Eva en se précipitant vers elle. Cache-le, il ne faut pas que Fredrick le voie !

Mais Camille l'empêcha de le prendre.

— Quand je suis allée chez Anna, elle m'a confié y tenir comme à la prunelle de ses yeux. Il lui vient de sa mère. Jamais elle ne l'aurait oublié ! Je crois que… hésita-t-elle prise de sueurs froides, je crois qu'elle n'est jamais partie d'ici !

Elle avait prononcé ses derniers mots en chuchotant, mais son cri avait alerté Fredrick et Ingrid qui se tenaient à présent dans l'embrasure de la porte menant au garage.

— Qu'est-ce que…

Fredrick, les yeux exorbités et le souffle court, fixait le chapeau. Une lueur de folie brillait dans son regard ! Cette fois-ci, le doute n'était plus permis, il avait bel et bien tué Anna et probablement Leif aussi !

Sans prévenir, il fonça sur Camille en hurlant et la poussa violemment pour récupérer le chapeau. Elle tomba en arrière, mais s'y agrippa comme si sa vie en dépendait, tant et si bien qu'une lutte acharnée s'engagea entre Fredrick et elle. Chacun tirait le plus fort possible pour avoir l'avantage et Camille perdait lentement prise, les doigts blanchis par l'effort. Holmi aboyait sous le regard figé d'horreur d'Anita, d'Ingrid et d'Eva, jusqu'à ce qu'il saute sur son humain et lui morde la main ! Fredrick hurla de douleur et lâcha le chapeau, avant de battre en retraite.

Il sortit en trombes de la maison et grimpa dans sa voiture. Ses roues dérapèrent un instant sur le bitume gelé sous l'effet de l'accélération subite, puis le véhicule s'éloigna dans la rue dans un vacarme de tous les diables, sous le regard suspicieux de la voisine.

Un silence choqué retentissait dans la maison. Holmi léchait avec compassion le visage de Camille et elle le repoussa gentiment en se relevant, le dos douloureux et les jambes flageolantes. Il fallait prévenir la police !

— Que s'est-il passé ? chuchota Eva, les mains sur la bouche.

— J'ai démasqué le vrai coupable, répondit Camille d'une voix chevrotante, le téléphone collé à l'oreille.

Tout était allé si vite ! Quand elle raccrocha, elle s'effondra sur le canapé et éclata en sanglots. Anita se précipita vers elle.

— Ma chérie, ça va ? Tu es blessée ?

— Non, non, je n'ai rien, croassa-t-elle. C'est juste le contrecoup… j'ai eu peur.

Elle accepta avec reconnaissance l'étreinte de son amie. Décidément, mener une enquête pour meurtre n'était pas de tout repos ! Ne voulant pas être en reste, Holmi se cala sur les genoux de Camille en lui léchouillant le menton.

Chapitre 29

Rebondissement dans l'affaire Holmgren :
La police tient-elle enfin le bon coupable ?

Alors que les autorités pensaient avoir réuni de solides preuves contre Birgitta Holmgren, de récents évènements ont permis d'éviter une nouvelle erreur judiciaire.

En effet, Fredrick Johansson, le bibliothécaire de Mokkjokk et féru lecteur de polars, vient d'avouer le meurtre de Leif Holmgren. Il a été arrêté ce dimanche alors qu'il tentait de s'enfuir en voiture vers la Finlande.

Une histoire d'amour qui a mal tourné

Fredrick Johansson est amoureux d'Anna Holmgren depuis de nombreuses années. Alors lorsque celle-ci est venue lui annoncer son licenciement et son projet de quitter la ville pour s'installer à New York, il a imaginé un plan machiavélique afin de l'empêcher de partir : en assassinant Leif Holmgren, le bibliothécaire rendait son travail à Anna.

Loin de vouloir terminer en prison, Fredrick Johansson s'est arrangé pour faire accuser Birgitta Holmgren, connue pour détester sa belle-sœur.

Une banale excuse

Grâce à une histoire de prêt de livre, M. Johansson a obtenu les empreintes de Birgitta sur une tasse jetable, avant de dissimuler cette preuve dans la voiture de sa victime, en y ajoutant quelques gouttes de poison. Pour parfaire sa stratégie, la bouteille d'antigel utilisée pour tuer Leif Holmgren a été placée dans la remise du couple.

« Leif Holmgren était seul dans la scierie, l'empoisonner a été un jeu d'enfant**, a déclaré l'accusé. **Je lui ai discrètement apporté un thermos contenant de l'antigel et le tour était joué. Il n'a rien vu venir ! »

En revanche, ce que Fredrick n'avait pas prévu était qu'Anna découvre son forfait ! Folle de rage, elle l'a menacé de prévenir les autorités.

La suite de l'histoire reste pour le moment incertaine.

Si Fredrick Johansson a bien avoué l'assassinat de Leif Holmgren, il clame son innocence en ce qui concerne la disparition d'Anna Holmgren. La police recherche activement tout indice permettant d'élucider ce mystère.

Une nouvelle habitante résout l'assassinat

Comment la vérité sur l'homicide de Leif Holmgren a-t-elle éclaté au grand jour ? C'est grâce à la persévérance d'une jeune Française installée à Mokkjokk depuis peu. Amie proche de Caisa Tuorda, première suspecte du crime, Camille Dubon a courageusement décidé de plonger dans l'enquête afin de la disculper. Bravant tous les dangers, elle a été jusqu'à affronter Fredrick Johansson dans un duel à mains nues.

La police tient-elle enfin le bon coupable ? Il semblerait que oui, mais sait-on jamais…

Bernie Freud

Chapitre 30

Björn Nilsson relisait pour la énième fois ce maudit article du torchon local. Ce journaliste fouineur, Bernie Freud, faisait passer la police pour totalement incompétente !

La commissaire lui avait laissé entendre qu'une telle publicité ne pesait pas en sa faveur, il avait intérêt à retrouver Anna Holmgren au plus vite s'il ne voulait pas végéter dans cette région toute sa carrière ! Ses mâchoires se crispèrent à cette pensée et il regarda amèrement par la fenêtre l'obscurité givrée de la nuit polaire. Ses filles étaient probablement en train de s'empiffrer de bonbons de Noël, en compagnie de son ex-femme et de sa famille, prêtes à leurs cadeaux.

Depuis son divorce, deux ans plus tôt, il passait le réveillon en solo, mais prenait ses deux filles le vingt-cinq. Cette année, malheureusement, il ne le pourrait pas. Leur mère lui avait promis de les envoyer pendant une semaine aux prochaines vacances, mais c'était encore loin.

Il relut une ultime fois la feuille de chou avant de la jeter avec rage dans le poêle. Si seulement il n'avait pas fait échouer sa dernière opération antidrogue, il ne serait pas ici aujourd'hui, dans le fin fond du pays, à devoir supporter le triomphe de cette agaçante fouineuse française.

— Mokkjokk, grinça-t-il en se tenant la tête entre les mains, ai-je vraiment mérité ça ?!

À quelques kilomètres de là, Ulf, petit garçon de huit ans, demandait à son grand-cousin Bernie de raconter encore une fois comment il avait arrêté le tueur. Ingrid soupira. Elle n'en pouvait plus d'entendre son cousin s'enorgueillir de la résolution de l'affaire Holmgren. Elle avait bien compris qu'il avait obtenu une promotion et que sans lui, Caisa Tuorda serait toujours en prison, mais ses oreilles bourdonnaient à force de l'écouter. Elle aurait préféré que son mari ne soit pas obligé de travailler à la mine pendant les fêtes, elle se serait sentie bien plus joyeuse. Dans un soupir, elle tenta de faire diversion.

— Et si on allait faire un feu dans le jardin pour montrer au père Noël où il doit s'arrêter?

Victoire ! Ulf et son frère se précipitèrent dehors, en pyjama et en chaussons, pour être les premiers à craquer l'allumette qui démarrera le brasier. Ils ne s'inquiétaient pas des moins quinze degrés et Ingrid dut se fâcher pour qu'ils reviennent s'habiller convenablement. Bernie les rejoignit et engagea une féroce bataille dans la neige, sous les yeux attendris — mais toujours un peu agacés — de sa cousine. Elle leva la tête vers le ciel et aperçut un voile lumineux onduler dans les étoiles. Ses éclats verts contrastaient avec le noir de la nuit.

— Regardez les enfants, le père Noël a envoyé une aurore boréale pour le guider pendant sa tournée.

Les deux petits garçons et leur grand-cousin s'allongèrent dans la poudreuse pour admirer le spectacle.

Pendant ce temps, au cœur de la bruine rennaise, un drame s'apprêtait à se jouer.

— Alors, que faites-vous dans la vie, Jean-Baptiste ? demanda aimablement Sylvie Dubon, pour distraire les convives de l'humeur exécrable de son époux.

— Heu… Je suis comptable.

Charlotte, la sœur de Sylvie, couvrit son nouveau compagnon d'un regard plein de guimauve en lui prenant la main. De son côté, Dominique, le mari de Sylvie, émit un grognement mauvais en entendant le métier de cet homme. Comptable ! Quel ennui, pensa-t-il amèrement. Encore un patachon qui ne savait rien faire de ses dix doigts !

Ils étaient arrivés chez Charlotte depuis moins d'une heure, mais les critiques ne cessaient de pleuvoir : la décoration était trop commerciale, l'apéritif excessivement sucré, le quartier mal fréquenté, la température étouffante… rien n'était assez bien !

Sylvie, tâchant comme à son habitude de faire bonne figure, bouillait intérieurement. Cet homme mal embouché n'était plus celui dont elle était tombée amoureuse trente-cinq ans plus tôt ! Vieillir ne lui allait pas et son comportement avait empiré avec la retraite. Son mari, toujours très actif et extrêmement fier de servir son pays, était devenu un râleur ronchon et aigri.

À cet instant précis, lorsque le énième grognement de son époux atteignit ses oreilles, sa coquille de femme patiente et avenante se brisa. Ce fut la goutte d'eau qui fit déborder le vase ! Elle n'en pouvait plus de devoir se cacher pour téléphoner à sa fille et ne souhaitait plus subir la mauvaise humeur de son conjoint en supportant ses idées reçues sur le monde qui l'entourait. Elle avait elle aussi envie de roucouler comme sa sœur Charlotte, de profiter de sa vieillesse tant qu'elle le pouvait encore et surtout, elle désirait une famille unie, avec des relations saines et simples.

Elle tourna la tête vers son mari qui ne souriait pas, s'essuya la bouche avec sa serviette, puis posa délicatement celle-ci à côté de son assiette. Son cœur battait la chamade et son sang cognait ses tempes.

— Ça suffit ! Je n'en peux plus de t'entendre râler à longueur de journée ! déclara-t-elle d'une voix forte et assurée en se levant de table. Tu vas devoir te reprendre et changer de comportement ou tu n'auras plus qu'à te trouver une nouvelle épouse.

Un silence de mort s'abattit sur la pièce. Jamais Sylvie Dubon n'avait opposé de résistance à son mari. Charlotte et Jean-Baptiste n'osaient pas remuer le petit doigt, observant la scène surréaliste qui se déroulait sous leurs yeux.

Dominique, abasourdi, avait le regard écarquillé et la bouche ouverte, ce qui satisfit Sylvie au plus haut point. Elle se dirigea vers l'entrée, le dos bien droit, et enfila son manteau avant de claquer la porte… son mari sortit de son mutisme. Sa douce moitié était-elle véritablement partie ? Mais… Il n'en revenait pas ! La situation devait être vraiment critique ! Surmontant sa fierté, il se leva à son tour et rejoignit Sylvie dans la rue d'un pas raide, sans même prendre le temps de mettre sa veste.

— Chérie !

Elle avait parcouru une cinquantaine de mètres, sous une fine bruine dont le ciel breton avait le secret. Les lampadaires décorés de lumières de Noël éclairaient l'asphalte humide. Il courut et posa une main sur le bras de sa femme.

— Laisse-moi ! C'est fini, Dominique, je ne veux plus vivre comme ça !

Elle se dégagea de son emprise et une ride soucieuse se forma sur le front de son mari. Il aimait sa femme à la folie et était prêt à tout pour elle ! Il ne pouvait accepter de la perdre. Oui, il râlait de temps en temps, mais était-ce si terrible qu'il faille briser leur union ?

— Depuis que tu es à la retraite, tu passes ta vie à te plaindre ! Et même avant ! Tu n'adresses plus la parole à ta fille depuis presque sept ans parce que tu es incapable d'approuver ses choix, je suis… je suis obligée de me cacher pour lui téléphoner ! Tu penses que c'est normal ?!

En entendant parler de Camille, Dominique se rembrunit. Quel gâchis !

— Tu vois ! s'énerva Sylvie. C'est fini ! Si tu veux me récupérer, tu vas devoir adopter une attitude positive.

Et elle continua son chemin d'un pas décidé, espérant au plus profond d'elle-même que Dominique l'aimait assez pour ne pas la laisser partir.

— Chérie, attends !

Elle poussa un soupir de soulagement avant de se retourner.

— Que dirais-tu, pour me faire pardonner, de... de rendre visite à Camille ? bredouilla-t-il d'un air penaud en fixant le sol.

Sylvie savait l'effort exceptionnel que cette proposition requérait à son époux, aussi, elle n'hésita pas une seconde à se jeter dans ses bras.

— Tu vas accepter ses choix et lui reparler ? chuchota-t-elle, en le regardant dans les yeux avec sévérité.

Il acquiesça. Oui, il ferait tout ce qu'il faut pour que sa moitié reste. Il ne pouvait pas vivre sans elle. Trente-cinq ans qu'ils s'aimaient, comment pourrait-il affronter le quotidien sans sa Sylvie chérie ?

Folle de joie, celle-ci jubilait ! Finalement, un petit conflit de temps en temps pouvait avoir du bon. Un voyage en Laponie, elle en rêvait !

Repues et un peu étourdies par le vin qu'elles avaient bu tout l'après-midi en cuisinant, Eva, Anita et Camille papotaient gaiement. La mine de l'inspecteur quand il avait réalisé qui était le vrai coupable les amusait beaucoup. Sa séduisante frimousse, habituellement hautaine et froide, avait soudainement blêmi et ses yeux s'étaient écarquillés de stupeur. Nul doute que son Noël n'aurait pas la même saveur que le leur ! Il avait d'ailleurs été assez distant lors de la déposition de Camille qui l'agaçait clairement au plus haut point.

— Je m'en fiche, déclara celle-ci en haussant les épaules et en attrapant un bonbon en forme de père Noël. Tout ce qui compte, c'est que le vrai coupable soit derrière les barreaux et que Birgitta soit libre. Même si elle est plutôt antipathique, une innocente n'a rien à faire en prison.

Comme pour soutenir ses propos, Holmi, installé sur ses genoux, aboya joyeusement. Après l'arrestation de Fredrick, le pauvre s'était retrouvé sans foyer et Camille n'avait pu accepter qu'il finisse à la fourrière. Elle avait donc immédiatement décidé de l'adopter.

Eva baissa la tête.

— Je pensais mettre des bougies dehors en mémoire de Leif. Il était certes détestable, mais personne ne mérite de partir de cette manière.

— C'est une excellente idée, approuva Anita en posant sa main sur la sienne. Allons-y maintenant avant que le vin nous empêche de marcher.

Les trois amies sortirent dans le jardin et solennellement, Eva tendit une grosse bougie d'extérieur à chacune pendant qu'Holmi courait dans la neige en faisant de petits bonds excités.

— Regardez, remarqua Camille en montrant le ciel, une aurore !

La lumière verte dansait au-dessus de leur tête, comme pour rendre un dernier hommage à Leif.

— Anna, où que tu sois, on est avec toi, murmura Anita, d'une voix peinée.

Une larme coula sur sa joue et Camille passa un bras réconfortant sur ses épaules. Il n'y avait toujours aucune trace de la sœur de Leif, hormis sa voiture flashée le jour de sa disparition. Fredrick continuait de nier son implication, affirmant qu'Anna l'avait quitté bien vivante après leur conversation.

Elles allumèrent les mèches des bougies, puis, après une minute de silence et un dernier regard aux volutes colorées, elles rentrèrent se mettre au chaud.

— Allez, viens Holmi, c'est l'heure de ton os de Noël ! appela joyeusement Camille.

Il fonça à l'intérieur et s'assit sagement aux pieds de sa chaise avec une mine d'ange. Quel amour ! Elle était déjà accro !

Alors qu'Eva et Anita étaient parties dans la cuisine pour préparer une « *tisane digestive* », à base de thé et de digestif — encore une boisson « *pimentée* » qu'Anita chérissait —, Camille laissa divaguer son esprit sur l'enquête. Où était Anna en ce moment ? Célébrait-elle Noël quelque part ou était-elle six pieds sous terre à attendre que quelqu'un découvre son corps ?

Fredrick jurait ses grands dieux qu'il ne l'avait pas assassinée. Selon lui, elle lui avait laissé deux jours pour s'organiser et se dénoncer, puis elle était partie. Mais où ? Chez elle ? À la scierie ? Ces questions la taraudaient, il y avait forcément un indice quelque part.

Les filles interrompirent ses réflexions en posant devant elle une tasse fumante aux arômes mentholés. C'était délicieux.

Quand elles eurent fini, Camille, grisée par l'alcool, se pencha vers ses amies.

— Les filles, j'ai une idée ! chuchota-t-elle.

Elles se rapprochèrent en ricanant.

— On va fouiller l'appartement d'Anna pour trouver des indices sur ce qui lui est arrivé !

Chapitre 31

Un verre, ça va, deux, bonjour les dégâts ! Cette phrase virevoltait dans l'esprit de Camille tandis que les trois amies marchaient dans les rues désertes de Mokkjokk. Les habitants, eux, bien au chaud dans leurs foyers, fêtaient Noël comme de braves citoyens.

Le froid les avait rapidement dégrisées et Eva n'était plus si sûre du bien-fondé de cette idée.

— Je ne pense pas que ce soit une bonne idée ! C'est totalement illégal et puis… la police a probablement déjà fouillé, on ne trouvera rien !

— Tu parles des mêmes agents qui ont accusé Caisa et Birgitta à tort ? Allez, un peu de courage ! balança Anita sans ambages.

— Mais… et si quelqu'un nous remarque ?

— Personne ne nous verra si tu arrêtes de parler ! chuchota Camille. Tout le monde est en train de fêter Noël, les gens ont autre chose à faire que de nous espionner.

Elle s'efforçait de paraître confiante, mais elle n'en menait pas large. Son idée semblait tout à fait géniale lorsqu'elles étaient confortablement attablées chez Anita, mais à présent qu'elles arrivaient au pied de l'immeuble d'Anna, Camille se sentait stupide et inconsciente.

— J'ai besoin de fumer une cigarette !

Anita la regarda, incrédule.

— Tu fumes ?!

— Parfois, quand je suis angoissée, avoua-t-elle en rougissant.

— Ah, tu vois, elle est stressée ! C'est un signe, il ne faut pas y aller ! conclut Eva.

Camille sortit une cigarette et l'alluma sans prêter attention à ses revendications. Elle avait été entraînée dans cette affaire de meurtre à la demande de Willy pour innocenter Caisa. Une fois fait et qu'elle était sur le point d'abandonner, Maître Ericsson l'avait alors convaincue de continuer. Et à présent ? Pourquoi voulait-elle à tout prix avoir le fin mot de l'histoire ? Simple curiosité ? Ego mal placé ? Elle ne pouvait le dire. La seule chose dont elle était certaine était ce besoin impérieux de connaître la vérité. Par chance, Anita, collectionneuse de secrets depuis des années, était sur la même longueur d'onde.

Rassérénée par la nicotine, Camille prit les choses en main.

— Eva, tu restes dehors à faire le guet. Si quelqu'un vient près de la porte de l'appartement, tu chantes une chanson de Noël à tue-tête.

Celle-ci, rassurée de ne pas devoir entrer illégalement dans le logement d'Anna, acquiesça avec conviction. Elle remplirait son rôle avec sérieux. Elle lui tendit son passe-partout.

L'ex-mari d'Eva était serrurier. Ils s'étaient séparés quatre ans auparavant, lorsqu'elle avait démasqué son infidélité. Pour se venger et éviter qu'il ne s'introduise chez elle quand elle n'était pas là, elle lui avait volé son passe-partout. Ce trousseau de clés pouvait ouvrir n'importe quelle porte !

Le fait qu'Eva possède un tel objet ne pouvait pas être une coïncidence, pensait Camille, mais un message du destin. Elle devait poursuivre son enquête.

— Anita, tu viens avec moi. Tu connaissais Anna mieux que moi, tu seras peut-être capable de repérer quelque chose d'inhabituel.

Sous le regard inquiet d'Eva, les deux femmes se dirigèrent, mine de rien, vers l'immeuble. Elles ouvrirent les battants en verre de l'entrée principale, comme le ferait n'importe quel habitant de la bâtisse et prirent la direction du 3B de la résidence des Trois Ours. Des rires et des bruits de fête émanaient de plusieurs appartements.

Les choses se gâtèrent au moment de déverrouiller la porte. Camille avait l'impression d'avoir déjà essayé toutes les clés, mais qu'aucune n'avait fonctionné. Le stress monta en elle. Pourquoi avait-il fallu qu'elle ait cette idée stupide ?!

Refaisant encore une fois le tour de toutes les clés, elle dut se rendre à l'évidence, ce passe-partout ne passait pas ! Anita trépignait d'impatience. Pour couronner le tout, la minuterie de l'éclairage s'arrêta et les deux femmes se retrouvèrent dans le noir.

Soudainement, la lumière se fit et des bruits de pas retentirent. Les deux amies se figèrent, priant pour que la personne ne vienne pas dans leur direction. Mais bien évidemment, leur souhait ne fut pas exaucé ! Elles retinrent leurs respirations, incapables de réfléchir à l'excuse qu'elles pourraient inventer.

— Les filles ! murmura Eva.

Anita et Camille soupirèrent de soulagement.

— Je vous ai donné le mauvais trousseau ! continua Eva en chuchotant. Désolée, ça doit être à cause de la « tisane digestive »…

La gérante du salon de thé lui prit les clés des mains et déverrouilla la porte au bout de la troisième tentative. Elle ouvrit. Personne ne semblait vouloir franchir le seuil.

L'éclairage du couloir s'arrêta une fois de plus et l'animation derrière la porte du 2B devint plus intense. Le bruit et l'obscurité eurent raison des derniers doutes du petit groupe.

— N'allumez pas, on risquerait de se faire repérer ! chuchota Camille. Prenez vos portables pour vous éclairer.

— Qu'est-ce qu'on cherche exactement ? demanda Eva en refermant doucement la porte.

— Quelque chose de louche, répondit Anita qui ouvrait déjà les tiroirs du buffet.

Le plus discrètement possible, les trois femmes commencèrent leur inspection. La pièce était en désordre. Des papiers étaient éparpillés sur la table à manger et les placards mal fermés. Certainement l'œuvre de la police. Fébrile, Eva vérifiait toutes les deux minutes que personne n'approchait de l'immeuble.

— Vous trouvez quelque chose ? demanda-t-elle. J'aimerais bien qu'on parte rapidement ! N'importe qui pourrait arriver !

— Pourquoi n'es-tu pas retournée dehors ?! Arrête de paniquer et aide-nous, ça ira plus vite ! Aïe !

Anita s'était cogné le tibia sur l'angle de la table basse. Pendant ce temps, Camille, qui fouillait la chambre, fut prise d'une envie pressante, mais elle hésitait. Et si la police revenait et relevait l'ADN dans la cuvette ! Ils sauraient qu'elles étaient venues… Non, c'était stupide ! Elle se dirigea vers les lieux d'aisance à la lumière de son téléphone.

— Les filles ! J'ai trouvé quelque chose !

Anita et Eva se précipitèrent vers elle.

— Enfin, j'ai découvert… ce qu'il manque ! dit-elle en agitant les mains sur le mur des toilettes.

Ses deux amis la regardèrent sans comprendre.

— Quand je suis venue chez Anna la première fois, il y avait un énorme tableau sur ce mur. Il représentait une femme qui faisait jaillir une aurore boréale et il était signé… Noa… tea… Dora, peut-être.

— Dorotea ! cria Anita.

— Chuuuttt ! Tu vas nous faire repérer !

— Oui, Dorotea, c'est bien ça ! Comment le sais-tu ?

— C'était le nom d'artiste de la mère d'Anna.

Camille était perplexe. Pourquoi Anna a-t-elle enlevé le tableau de sa mère ?

— C'est bon maintenant, il n'y a plus rien à trouver. On s'en va !

À bout de nerfs, Eva poussa les deux femmes vers la sortie. Elle ne pouvait supporter une minute de plus la menace que quelqu'un les découvre ici. Elle récupéra le passe-partout de son ex-mari et referma la porte tout doucement. On ne l'y reprendrait plus ! Les enquêtes étaient bien moins effrayantes dans les livres.

Chapitre 32

Camille était allongée sur son lit, les yeux grands ouverts, à regarder le plafond blanc en caressant machinalement Holmi blotti contre elle. Elle avait un léger mal de tête et se sentait un peu groggy à cause de l'alcool ingurgité la veille. Après leur petite expédition chez Anna, les trois femmes avaient fêté comme il se devait leur première incursion dans l'illégalité. À 3 h du matin, Eva, Camille et Holmi étaient rentrés avec l'unique taxi de la ville, en chantant Joyeux Noël au chauffeur.

Camille se leva tant bien que mal et chemina dans la salle de bain pour prendre une douche. *Au Fika d'Anita* ouvrait à 12 h le jour de Noël. Anita ne voulait pas laisser les gens seuls à déprimer chez eux. D'une façon ou d'une autre, elle allait devoir se remettre rapidement de la soirée.

Quand elle franchit la porte du salon une heure plus tard, Holmi dans ses bras, elle fut rassurée de constater qu'Anita n'avait pas meilleure mine qu'elle. Même sa couche de maquillage ne parvenait pas à cacher son état. D'autant plus, qu'elle était arrivée beaucoup plus tôt qu'elle pour préparer le buffet. Pourtant, elle offrit un grand sourire à son employée et lui mit sous le nez un croque-monsieur bien doré au fromage et aux pommes.

— Ça va te remettre d'aplomb ! Il n'y a rien de tel pour les lendemains de fête. Sers-toi un thé, ça passera mieux.

Son amie s'attabla avec elle quelques minutes plus tard, également munie d'une assiette et elles mangèrent ensemble. Le salon ouvrait ses portes dans quarante-cinq minutes, ce qui leur laissait largement le temps de papoter. Holmi s'était lové contre le flanc de Bounty.

— Alors, tu as réfléchi à la disparition du tableau ? demanda Anita, la bouche pleine.

— Pour l'instant, mon cerveau récupère. Je t'assure qu'il n'est pas en état de songer à autre chose qu'à survivre. En tout cas, merci pour hier, c'était vraiment bien.

Son amie lui sourit avec amour et lui prit la main. Elle eut une pensée pour son fils qui devait probablement les observer depuis le ciel. C'était le seizième Noël qu'elle passait sans lui.

— Allez, au travail ! claironna-t-elle quand elles eurent terminé leurs assiettes. C'est l'heure de célébrer le petit Jésus comme il se doit !

Elle enfila son bonnet de lutin et partit en cuisine. Camille, qui se sentait beaucoup mieux, alluma les bougies sur les tables, mit la musique de Noël et prépara le Glögg pour les clients. Une savoureuse odeur d'épices flottait dans l'air quand elle déverrouilla la porte et une dizaine d'habitués pénétrèrent dans le salon de thé. Il y avait en majorité des retraités, ce qui lui fendit le cœur. Elle trouvait injuste que les personnes âgées soient souvent abandonnées et mises de côté. Heureusement qu'Anita était là pour leur permettre de passer un bon moment. Sur cette pensée, elle accueillit tout le monde chaleureusement et initia même les clients à la fameuse bise française, qui ne se pratiquait pas du tout dans ce pays.

À la fin de la journée, les deux femmes étaient épuisées. Elles avaient déployé toute leur énergie pour donner le meilleur service possible et il ne leur restait plus rien.

— L'année prochaine, on fêtera le 24 un peu plus calmement, déclara Anita.

— Marché conclu, répliqua Camille qui luttait contre une vague de fatigue très insistante.

Rapidement, elles nettoyèrent les lieux avant de fermer le salon de thé. En rentrant chez elle, Camille ne souhaitait qu'une seule chose : un bon bain chaud, puis s'effondrer dans son lit.

Immergée jusqu'au cou dans sa baignoire, elle regardait d'un œil distrait la buée se former sur son miroir. Elle se mit à penser au tableau dans les toilettes d'Anna. Pourquoi l'avoir décroché du mur ? Qu'en avait-elle fait ? Il n'était nulle part chez elle, mais peut-être qu'elle possédait un garage ? Et sa mère, Dorotea, qu'était-elle devenue ? Camille se souvenait avoir lu dans un des articles de Bernie qu'elle était artiste-peintre et qu'elle était partie quand Anna était très jeune. Pourquoi ? Avait-elle cherché à recontacter sa famille depuis ?

Un irrésistible besoin de savoir s'empara de son cerveau et elle s'extirpa du bain avec une pointe d'agacement contre elle-même. Pourquoi ne pouvait-elle pas profiter de ce moment de détente tout simplement ? Un jour, sa curiosité lui causera des problèmes, c'était certain.

Enveloppée dans son peignoir, la jeune femme s'assit sur son canapé et alluma son ordinateur. Elle tapa « Dorotea peinture » dans la barre de recherche. Plusieurs images de tableaux s'affichèrent, mais elle ne put trouver aucun renseignement sur l'artiste ou ce qu'elle était devenue. La frustration la gagna. Bien entendu, elle ne s'attendait pas à découvrir toutes les réponses à ses questions aussi facilement, mais un petit indice aurait été bienvenu. La fatigue exacerbait ses émotions et une pointe de découragement apparut. Pour couronner le tout, elle devait appeler ses parents pour leur souhaiter un joyeux Noël. Elle n'avait vraiment pas envie d'affronter l'humeur de son père, mais impossible d'y couper. Elle saisit son téléphone et composa le numéro. Rien ne servait d'attendre. Son petit compagnon poilu, sentant son stress, se posta sur ses genoux.

— Ma chérie, Joyeux Noël ! lui lança sa mère avant même que Camille ait pu prononcer un mot. J'ai une nouvelle sensationnelle ! Ton père et moi, on vient te voir en Laponie !

Camille était muette de stupeur. Avait-elle bien entendu ?

— Ma chérie ?

— Heu, oui, je suis là. Comment ça, vous venez en Laponie ?

Sylvie émit un petit rire.

— Ton père et moi avons eu une… discussion à propos de son comportement et pour se faire pardonner, il m'a proposé ce voyage !

— Chez moi ? Sa fille qui l'a déçu au plus haut point ?

— Il m'a promis d'arrêter de t'en vouloir ! Je ne supporterai plus une famille déchirée ! Alors de ton côté, je te demande d'être tolérante !

La voix de sa mère était ferme et catégorique. Elle semblait plus décidée que jamais à se faire entendre. Camille hésitait entre se mettre au garde-à-vous et répliquer que c'était son père qui avait commencé, mais elle choisit finalement de ne rien dire. Ces dernières années, elle avait poussé sa mère à se rebeller contre les manières archaïques de son père et maintenant que les choses bougeaient, elle ne pouvait pas décemment râler à son tour.

— Ma chérie, tu es là ? Tu ne dis rien, ça ne te fait pas plaisir ?

Camille soupira.

— Si, c'est super maman. C'est juste que ça me stresse un petit peu d'accueillir papa. Je ne voudrais pas qu'il critique la vie que je me construis ici.

— Je comprends, ma chérie, mais ne t'en fais pas, je l'ai à l'œil. Soit il se comporte normalement, soit je m'en vais.

Waouh, sa mère avait vraiment pris les choses en main ! Elle ne s'attendait pas à une nouvelle pareille ! Les miracles de Noël existent !

— Vous pensez venir quand ? Mars est un très joli mois, avec plus de lumière.

— Va pour Mars ! Je vais acheter nos billets cette semaine, pour empêcher ton père de changer d'avis.

Après l'avoir saluée d'une voix excitée, Sylvie Dubon raccrocha. Elle avait beaucoup de choses à préparer pour ce voyage et voulait s'y mettre dès à présent. Dominique faisait la sieste, c'était donc le moment idéal pour réserver les vols.

Camille resta à regarder son téléphone pendant quelques secondes, digérant la nouvelle. Ses parents venaient lui rendre visite. Petit à petit, l'exaltation se mêla au stress de recevoir son père. Elle allait leur concocter un séjour de rêve. Chien de traîneau, motoneige, raquettes, rencontre avec son amie Caisa, barbecue dans la neige, pêche, Camille regorgeait d'idées. Objectif : séduction. Elle était prête à relever le défi de conquérir le cœur de son père. Il allait enfin comprendre pourquoi elle s'était installée ici. Elle caressa la tête d'Holmi joyeusement.

— Tu vas connaître ton nouveau grand-père ! Je te préviens, il peut être difficile, mais je suis certaine qu'il va t'adorer ! Comment ne pas t'aimer, mon bébé, tu es si mignon, lui dit-elle en lui frottant les deux oreilles.

Une expression de contentement déforma ses babines.

À nouveau pleine d'énergie, elle appela Bernie. Il pourrait sûrement l'aider à obtenir plus de renseignements sur la mère d'Anna. Ce tableau disparu était la seule piste qu'elle avait, donc cela valait le coup de la creuser.

— Joyeux Noël, Mulder, dit-elle quand le journaliste décrocha. Santa a apporté des informations pour l'enquête !

— Tu ne t'arrêtes jamais ?

— Comme un certain investigateur me l'a dit, l'avenir appartient aux gens qui se lèvent tôt !

— Il est 17 h, Scully, grogna Bernie.

— Tu désires le tuyau, oui ou non ?

Camille commençait à s'agacer. Où était passé le valeureux journaliste au service de la vérité ? Bernie soupira avant d'acquiescer. Évidemment qu'il souhaitait savoir. Elle lui révéla alors qu'un tableau de la mère d'Anna avait disparu de son appartement.

— Et comment l'as-tu découvert ? demanda Bernie, un sourire aux lèvres.

— Je ne dévoile jamais mes sources. Bref, je voudrais que tu te renseignes sur cette personne. Qui est-elle et où est-elle maintenant ?

— Tu crois qu'elle a quelque chose à voir avec la disparition d'Anna ?

La jeune femme haussa les épaules.

— Peut-être, mais c'est la seule piste que nous ayons, alors…

— Bon, très bien. Je vais chercher. Espérons que le père Noël soit d'humeur généreuse.

— Je suis certaine que ton talent suffira, flatta Camille avant de raccrocher.

Puis, attaquée par une nouvelle vague de fatigue, elle alla se coucher pour un sommeil bien mérité.

Chapitre 33

Camille dut patienter jusqu'au vendredi pour obtenir des réponses. La plupart des Suédois avaient profité des fêtes pour prendre des jours de congés et Bernie eut quelques difficultés à trouver les informations demandées.

— Enfin, je commençais à désespérer ! dit-elle quand il lui téléphona.

— Rome ne s'est pas construite en un jour, ma belle. Mais ça valait le coup.

La jeune femme sauta sur place et pressa le journaliste.

— Dorotea s'appelle Lotta Holmgren, nom de jeune fille, Gunnar. C'était une artiste assez prometteuse dans sa jeunesse, puis ses œuvres se sont faites de plus en plus rares après qu'elle ait épousé le père d'Anna et Leif. Il semble qu'elle en ait eu assez et qu'elle soit partie du jour au lendemain.

— Et aujourd'hui, où est-elle ?

— C'est là que les choses se corsent. Je n'ai rien sur elle depuis son départ. Apparemment, elle est allée en Angleterre et puis, plus rien. Elle a peut-être changé de nom, va savoir.

En attendant l'appel de Bernie, Camille avait eu tout le loisir d'échafauder des théories concernant la mère d'Anna. Il lui paraissait invraisemblable qu'une mère abandonne ses enfants du jour au lendemain, sans jamais chercher à les revoir. Anna avait peut-être repris contact avec Lotta et s'était enfuie chez elle. Elle avait peut-être enlevé le tableau pour éviter qu'on remonte jusqu'à elle, seulement elle avait oublié que Camille avait utilisé ses toilettes quelques jours avant ! Et puis, il lui était surtout impossible de prévoir que la Française s'introduirait illégalement dans son appartement !

— Je suis persuadée qu'Anna est en Angleterre en ce moment, à célébrer les fêtes avec sa mère !

— C'est un peu tiré par les cheveux, mais pourquoi pas ? répondit Bernie sur un ton dubitatif. Comment envisages-tu la suite ?

— Il nous faudrait la liste des passagers de tous les vols vers l'Angleterre du week-end de sa disparition.

— Heu… Ça va être difficile d'obtenir ces informations, même pour moi. Si c'est une piste sérieuse, je pense que nous devons prévenir la police. Tu préfères que je m'y colle ? demanda-t-il d'une voix doucereuse.

Camille le soupçonnait de vouloir s'attribuer tous les lauriers de leur découverte. Mais elle avait trop envie de voir la tête d'inspecteur bellâtre se décomposer lorsqu'elle lui révélera ses trouvailles. Aussi, elle refusa gentiment. Puis, juste après avoir raccroché, elle téléphona au commissariat. La secrétaire la mit en attente. Quand Björn Nilsson décrocha enfin, sa voix était glaciale.

— Que puis-je faire pour vous ?

Camille jubilait. C'était bête de sa part, mais elle n'avait toujours pas digéré la façon dont il l'avait traitée et elle pouvait ressentir l'antipathie qu'il nourrissait à son égard. Il n'était donc pas question de se sentir coupable.

— Il faut que je vous voie, répondit-elle tout aussi froidement. J'ai des informations au sujet d'Anna.

— Dites-les-moi par téléphone, je n'ai pas vraiment de temps à perdre !

— Je ne préfère pas. Retrouvez-moi à la pizzeria dans vingt minutes, je meurs de faim. Et prenez votre carte bleue ! répliqua-t-elle avant de raccrocher.

Elle espérait l'avoir mouché. Elle s'habilla en quatrième vitesse, salua Holmi et passa voir Anita avant son rendez-vous.

— Tu y es allée un peu fort, quand même, la sermonna son amie. Cet homme fait partie de la police, ne l'oublie pas.

Camille haussa les épaules. Le respect se méritait. Il n'était pas question qu'elle fasse des courbettes devant quelqu'un, juste à cause de son statut.

Björn Nilsson était déjà assis lorsque la jeune femme arriva. Deux pizzas attendaient devant lui et Camille remarqua son attitude fermée. Il se tenait très droit, les poings serrés posés sur la table et sa mâchoire était contractée. Ses yeux lui lancèrent des éclairs.

— Vous êtes en retard !

— Et vous êtes en avance ! répliqua-t-elle.

L'inspecteur prit une grande inspiration pour se calmer et se força à sourire pour la cause. Il était sur la sellette et devait absolument retrouver mademoiselle Holmgren. Toute information était donc bonne à collecter.

— Je vous ai commandé la même chose que la dernière fois, j'espère que c'est ce que vous souhaitiez.

Remarquant le changement soudain de comportement de son interlocuteur, Camille fronça les sourcils, mais acquiesça. Elle ne voulait pas pousser le bouchon trop loin.

— Je pense que la mère d'Anna est impliquée dans sa disparition, déclara-t-elle de but en blanc après avoir mordu dans sa pizza.

— Qu'est-ce qui vous fait dire ça ? répliqua-t-il en gardant un visage impassible.

Elle ne pouvait pas lui révéler sa petite visite nocturne dans l'appartement de la disparue, mais elle ne trouva aucune réponse valable.

— Mon instinct, rétorqua-t-elle finalement. Sa mère est partie quand elle était jeune et je suis sûre qu'elles ont repris contact. Lotta Holmgren est allée en Angleterre et s'est volatilisée depuis. Elle a probablement changé de nom, donc il sera difficile de la retrouver. Anna l'a peut-être rejointe pour disparaître à son tour.

— Dans quel but ? On sait maintenant qu'elle n'est pas coupable du meurtre de Leif, alors pourquoi voudrait-elle se cacher ? De plus, il n'y a eu aucune activité sur son compte bancaire depuis qu'elle s'est évaporée et aucune grosse somme n'a été retirée dans les mois précédents. Organiser un départ pour une nouvelle vie, ne s'improvise pas. Je pense plutôt que quelque chose de grave lui est arrivé.

— Vous la croyez morte ?

L'inspecteur fixa Camille en se demandant ce qu'il pouvait lui révéler. Il n'appréciait pas du tout son côté fouineur, mais ce tuyau sur la mère d'Anna pouvait s'avérer utile. Et son but était avant tout de boucler cette affaire au plus vite pour mettre toutes les chances de son côté de retourner dans le sud. Coopérer était peut-être la meilleure solution.

— J'envisage effectivement qu'elle se soit fait assassiner.

— Pensez-vous que Fredrick soit le tueur ?

— Il a un mobile, puisqu'il a lui-même avoué qu'Anna avait découvert qu'il était le meurtrier de son frère. Il aurait pu vouloir l'éliminer pour ne pas aller en prison. Mais il nie sa responsabilité et semble totalement dévasté.

— Cherchez du côté de Lotta Holmgren, je suis persuadée que mon instinct ne se trompe pas. En fait, je pense qu'il faudrait avoir la liste de tous les passagers ayant pris un avion au départ des aéroports du nord du pays le week-end de la disparition.

Björn émit un petit rire condescendant.

— Si Anna se cache, elle aura peut-être préféré le train, ou le bus, ou aura franchi la frontière finlandaise. Mon équipe a déjà vérifié les vols en partance de Leluo, mais ça n'a rien donné.

Camille soupira. Elle était frustrée par cette conversation qui ne semblait mener nulle part.

— Vous allez creuser la piste de la mère, oui ou non ?

— Je vous remercie d'avoir partagé vos pensées avec moi. Sachez que je ne néglige aucune possibilité.

Il se leva, bien décidé à manger le reste de sa pizza loin de cette femme. Si elle n'avait rien d'autre à lui révéler, il n'était pas utile de s'attarder plus longtemps. Quand il prit ses gants posés sur la table, Camille mit la main dessus et le regarda droit dans les yeux.

— Vous me tiendrez au courant ?

Björn les retira sèchement.

— Je ne peux pas partager avec vous l'avancement de l'enquête. Vous apprendrez les résultats comme tout le monde en lisant les journaux. Ce Bernie Freud semble vous avoir à la bonne, profitez-en ! lança-t-il en ne cachant pas son agacement.

Puis il se dirigea vers le comptoir pour faire emballer son reste de pizza et s'en alla juste après, sans un regard en arrière.

Camille était furieuse. Cet inspecteur bellâtre était décidément insupportable et elle regrettait amèrement de lui avoir fait part de ses découvertes. Il était parti sans lui garantir qu'il allait effectuer des recherches sur Lotta Holmgren. Peut-être trouvait-il son idée stupide ? D'un autre côté, elle n'avait pas pu lui donner les véritables raisons qui la poussaient à penser ainsi et il est vrai que « l'instinct » n'était pas un argument choc. Qu'à cela ne tienne, elle allait lui apporter des preuves plus solides.

Chapitre 34

Penchée sur son carnet d'investigations depuis une bonne heure, Camille était au bord de l'apoplexie. Elle avait beau lire et relire ses notes, son cerveau ne voyait toujours rien d'inédit. Pour tenter d'aborder les choses sous un angle nouveau, elle avait écrit sur une page blanche tous les faits avérés de l'enquête. Elle espérait ainsi s'ôter de la tête ses suppositions et repartir de zéro. Mais rien n'y faisait.

— Qu'en penses-tu, Holmi ? demanda-t-elle à son chien qui avait l'air de s'ennuyer ferme. Tu as raison, que ferait Sherlock Holmes ?

Elle feuilleta les premières pages sur lesquelles elle avait noté la méthode trouvée sur internet. Le conseil numéro 10 était « avoir un œil extérieur ». C'était ça ! Rapidement, elle rassembla toutes ses affaires et fonça chez Anita. Holmi aboyait de joie, trop heureux de pouvoir enfin se dégourdir les pattes.

— Camille ? Je te manque déjà ? dit Anita en ouvrant la porte.

Les deux amies s'étaient quittées quelques heures auparavant, quand Camille eut terminé sa journée au salon de thé.

— J'ai besoin d'aide. Tu es occupée ?

Son amie, ravie de rendre service, laissa entrer Camille et son chien et la jeune femme lui expliqua la raison de sa venue. Il lui fallait toutes les têtes disponibles et souhaitait qu'Ingrid et Eva les rejoignent. Moins de trente minutes plus tard, les quatre femmes étaient réunies autour de la table à manger d'Anita. Ingrid était trop heureuse de s'accorder une soirée loin de ses deux petits monstres, qu'elle avait confiés à leur père. Eva, quant à elle, regardait un programme sur les loutres quand Anita lui avait téléphoné et elle pourrait voir la fin en rediffusion. Sa passion pour les documentaires animaliers était toujours perdante face à un moment entre copines.

— Pourquoi est-on là ? demanda-t-elle, mi-excitée, mi-inquiète..

Camille n'avait encore rien dit, mais affichait un air grave. La petite brune était décidée à refuser une autre escapade illégale s'il le fallait et fut soulagée quand la jeune femme leur expliqua que leur réunion resterait dans le cadre réglementaire.

— J'ai parlé à l'inspecteur de notre piste sur la mère d'Anna.

Ingrid émit un bruit contrit. Elle était encore vexée de ne pas avoir participé ou au moins avoir été prévenue. Elle avait la sensation d'avoir été mise à l'écart. Anita lui lança un regard réprobateur.

— Il ne m'a pas garanti de creuser cette piste, continua Camille sans prêter attention aux états d'âme d'Ingrid. Aussi, nous allons reprendre tous les faits et essayer de trouver quelque chose de nouveau. Mon cerveau est HS à force de fixer mes notes et j'ai besoin d'un œil nouveau.

Elle montra au groupe le déroulement des évènements depuis le début de l'affaire Holmgren et les trois femmes se penchèrent dessus avec sérieux. Holmi et Bounty jouaient ensemble en dévorant un affreux poulet en plastique criblé de trous de crocs.

— Anna avait le tableau chez elle lorsque tu es allée l'interroger et qu'elle n'avait pas encore repris la direction de la scierie, commença Ingrid. Quand tu es allée la voir là-bas, elle était sur son ancien bureau ou sur celui de son frère ?

— Celui de Leif, répondit Camille.

— OK, donc elle s'installe à la place de son frère et après ça, elle décroche la peinture de Lotta…

— Elle a trouvé quelque chose qui l'a mise en rogne contre sa mère. Ma fille m'a fait exactement la même chose ! raconta Eva. Quand je lui ai interdit d'aller manifester contre la mine, elle a cassé la photo de nous qui était sur sa table de nuit. L'adolescence, c'est vraiment coton !

Anita se leva et disparut dans son bureau. Elle en revint quelques minutes plus tard avec un journal.

— Bernie a écrit que Leif rêvait d'être sculpteur quand il était jeune et qu'avec le départ de sa mère, il avait dû abandonner ses ambitions pour élever sa petite sœur. Il devait forcément en vouloir à Lotta et peut-être même à Anna d'avoir été une telle charge pour lui. C'est probablement pour cela qu'ils ne s'entendaient pas très bien.

Camille regardait ses amies avec admiration, en tournant la tête à chacune de leurs interventions, comme les spectateurs dans un match de tennis.

— Une chose est sûre, dit Ingrid, c'est qu'en tant que mère, si j'avais dû abandonner mes enfants pour poursuivre une potentielle carrière, j'aurais fini par le regretter. Mes deux monstres me rendent complètement chèvre, mais ils sont la chair de ma chair. Je pense que j'aurais eu envie de les revoir.

— Personnellement, si j'étais à la place du père de Leif et d'Anna et que la femme qui m'a laissé en plan me téléphonait, je lui raccrocherais au nez ! Elle aurait quand même un sacré culot de vouloir s'excuser après le mal causé par sa faute ! s'emporta Eva que la colère faisait rougir.

Ingrid et Anita se jetèrent un regard entendu. La femme qui avait séduit l'ex-mari d'Eva, alors qu'ils étaient encore mariés, lui avait passé un coup de fil quelques jours après pour se justifier, en jurant qu'elle ne savait pas que son amant avait une famille. La petite brune fulminait à chaque fois qu'elle y repensait.

— M. Holmgren est mort il n'y a pas si longtemps, enchaîna Camille qui n'était pas au courant de l'histoire d'Eva. Peut-être que Lotta a alors tenté de contacter son fils, mais qu'il n'a pas souhaité donner suite. Il lui en voulait toujours d'avoir dû abandonner ses rêves à cause d'elle. Quand Anna a repris le poste de son frère, elle a dû trouver une lettre de Lotta dans le bureau de Leif. Comme ils ne s'entendaient pas bien, il ne lui en avait sûrement pas parlé !

Camille était tout excitée. Elle aussi avait conclu qu'Anna et Lotta étaient de mèche, mais reconstituer (hypothétiquement) le déroulement des évènements aidait à mieux comprendre la situation.

— Donc, on a d'un côté Anna qui découvre un courrier de sa mère et de l'autre Anna qui décroche sa peinture parce qu'elle est en colère. Je suppose donc que les deux femmes se sont appelées entre-temps.

— Si Lotta voulait se faire pardonner, il était préférable de rencontrer Anna en direct. Un face-à-face, c'est quand même plus approprié qu'une conversation téléphonique, rétorqua Ingrid.

Camille pensa à son père qui allait bientôt venir la voir. Bien qu'elle s'était donné pour objectif de lui faire aimer la Laponie, elle ne pouvait s'empêcher d'éprouver de la rancœur à son égard. Il l'avait rejetée pendant sept longues années et se pointait maintenant comme si de rien n'était. C'était un peu dur à avaler. Elle supposait qu'Anna avait dû ressentir la même chose. Sa mère l'avait complètement abandonnée et était probablement la cause de la mésentente avec son frère. Et après des années d'absence, elle voulait reprendre contact… Comment elle-même, Camille Dubon, aurait-elle réagi ? Mal, se dit-elle, très mal.

— Si je récapitule, selon vous, Lotta est venue à Mokkjokk pour voir Anna.

Ingrid haussa les épaules en regardant Eva et Anita.

— Moi, c'est ce que j'aurais fait pour mettre toutes les chances de mon côté.

Cette réflexion collective avait eu l'effet escompté. Dorénavant, Camille se concentrerait sur les preuves de l'arrivée de Lotta en ville et non de la fuite d'Anna à l'étranger.

— Je ne sais pas vous, mais moi j'ai besoin d'un petit remontant ! Qui veut un chocolat chaud ? demanda Anita à la ronde.

— Tu n'as pas plutôt un verre de vin ? Ce n'est pas tous les jours que mon mari garde les enfants ! rétorqua Ingrid avec une lueur malicieuse dans les yeux.

Chapitre 35

— Bonjour Monsieur, je vous appelle, car ma mère a perdu ses lunettes le 11 décembre dans un taxi et j'aurais voulu savoir si c'était le vôtre. Elle allait de Leluo à Mokkjokk.

— Laissez-moi regarder. Quel est son nom ?

— Lotta.

— Vers quelle heure ?

— Ah… je ne suis pas sûre… Avez-vous effectué un tel trajet le 11 ?

Le chauffeur garda le silence quelques instants pendant qu'il vérifiait son agenda.

— Non, ce n'est pas moi, désolé.

Camille soupira en remerciant l'homme. C'était le septième taxi qu'elle appelait de la soirée et tous lui avaient répondu par la négative. Ses espoirs s'étiolaient un peu plus à chaque échec. Elle avait pensé toute la journée aux déductions des filles lors de leur réunion de la veille et avait décidé d'agir sans perdre de temps.

En supposant que Lotta était venue voir Anna à Mokkjokk, elle avait contacté toutes les entreprises de location de voiture de Leluo, ainsi que tous les hôtels. Évidemment, sans nom de famille, la tâche était plus ardue, mais ses interlocuteurs avaient tous eu l'amabilité de vérifier si une certaine Lotta n'avait pas fait affaire avec eux. Camille leur avait raconté une histoire assez émouvante pour s'en assurer. Elle avait ensuite tenté sa chance auprès des taxis. Si

Lotta était arrivée en avion, il avait bien fallu qu'elle se rende à Mokkjokk. Les bus étaient trop rares, donc si elle n'avait pas loué de voiture, elle avait dû prendre un taxi.

Malheureusement, la liste était longue. Il lui en restait une bonne vingtaine à appeler. Si elle ne trouvait rien de ce côté, elle s'avouerait probablement vaincue. Holmi releva la tête et aboya. Il avait surveillé sa maîtresse tout l'après-midi et veillait à ce qu'elle continuât son travail. Enfin, ce fut ainsi que le prit Camille. Elle le remercia et composa le numéro suivant.

— Attendez que je regarde…, répondit le chauffeur. J'ai bien un trajet Leluo-Mokkjokk le 11, mais pas de Lotta.

Bingo !

— Ma mère adore donner une fausse identité, parfois. Elle a l'impression de pouvoir être n'importe qui ! répliqua Camille d'un air blasé. Je suis certaine que c'est elle. Quel nom avait-elle choisi cette fois ?

Le conducteur hésita quelques instants, puis décida de le révéler. Que pouvait-on faire d'une telle information de toute façon ?

— Dorothea Connors.

— Ah oui, elle adore ce prénom. Elle a d'ailleurs nommé ma sœur ainsi ! dit Camille qui ne pouvait s'empêcher d'en faire trop pour dissimuler son véritable but. Et où l'avez-vous déposée ?

— Pourquoi ne pas lui demander directement ? répliqua son interlocuteur de plus en plus méfiant.

— Oh, je… Elle a eu un grave accident en retournant à la maison, elle est… dans le coma.

Camille n'en revenait pas de sortir un mensonge pareil ! Elle l'avait inventé sans réfléchir.

— Oh, vraiment, je suis désolé. Je l'ai déposée à la scierie Holmgren, répondit le chauffeur, gêné.

Camille le remercia, puis raccrocha sans mentionner les lunettes que « sa mère » était censée avoir perdues.

Dorothea Connors était Lotta Holmgren, elle en était persuadée. Tout concordait ! Elle avait repris son pseudonyme d'artiste, Dorotea, en rajoutant simplement un H pour faire plus anglaise. S'était-elle mariée avec un Britannique nommé Connors, ou avait-elle créé cette identité de toutes pièces ? Camille vérifia sur internet si elle pouvait dénicher plus d'informations, mais ne trouva rien de probant. Cependant, là n'était pas le plus important. Une femme appelée Dorothea Connors était allée à la scierie le vendredi 11, juste avant qu'Anna disparaisse. Cette preuve suffirait forcément au pompeux inspecteur bellâtre.

— Viens Holmi, on va faire un petit tour au commissariat !

Son chien aboya, sauta et tournoya sur lui-même en même temps. Une impressionnante performance, jugea Camille avec un sourire fier.

Le ciel s'était à nouveau dégagé et la température paradait à -27 °C. Quand Camille ouvrit la porte de son immeuble, un vague de froid glacial pénétra à l'intérieur du bâtiment et Holmi stoppa net son avancée. Il regardait dehors avec des yeux horrifiés. C'était la première fois qu'il gelait autant depuis qu'elle avait adopté le chien de Fredrick et en voyant sa réaction, elle eut un terrible doute. Les cavaliers King Charles pouvaient-ils supporter des températures si basses ? Elle avait l'habitude de travailler avec des chiens de traîneaux, mais Holmi était loin d'avoir la fourrure nécessaire…

— Tu as raison, tu restes ici pour l'instant et dès demain, je t'achète un équipement hivernal !

Elle remonta les escaliers, mais là encore, Holmi s'obstina à ne pas bouger. Elle avait beau tirer sur son harnais, il refusait de faire un pas.

— Tu as trop froid pour aller dehors, mais tu ne souhaites pas retourner à la maison. Que désires-tu, alors ? dit la jeune femme en gardant son calme.

Holmi aboya et avança vers la porte.

— Tu veux venir !

Il jappa encore. Camille réfléchit un instant. Elle n'avait aucun équipement approprié, mais en revanche, elle avait… Elle monta les marches quatre à quatre et fonça dans son appartement pour récupérer ce qu'il lui fallait. Quand elle revint vers Holmi qui attendait dans une attitude bornée, elle tenait dans ses mains un plaid en polaire et un sac de sport. Holmi sautilla de joie et s'installa à l'intérieur après que sa maîtresse l'ait enveloppé dans la couverture. Seule sa petite tête satisfaite dépassait de la besace.

— Tu vas me transformer en mémère à chien, mon bébé, lui chuchota Camille en l'embrassant sur le crâne.

Puis elle ouvrit la porte et s'enfonça dans la nuit glaciale. Sa première respiration à l'extérieur la fit tousser et ses poils de nez gelèrent instantanément. Le ciel était complètement dégagé et des milliers d'étoiles brillaient au-dessus d'elle. Une soirée parfaite pour démasquer un meurtrier.

Lorsqu'elle arriva au poste de police, l'entrée était verrouillée et un numéro d'urgence était affiché dessus. Déçue, elle alla au *Krog* pour appeler l'inspecteur sur son portable. Elle n'avait aucune envie d'enlever ses gants par une température pareille et de toute façon, son téléphone ne le supporterait probablement pas. Les batteries se déchargeaient à une vitesse folle quand il faisait très froid. Le seul problème était que le pub n'acceptait pas les chiens. Avant d'entrer, elle demanda à Holmi de se tenir tranquille et ferma le sac pour cacher son compagnon, en lui donnant juste assez d'espace pour qu'il puisse respirer.

Matthias, le séduisant barman que Camille ne trouvait plus du tout désirable, était entouré de clients et ne remarqua pas leur arrivée. Pour une fois, elle était contente de ne pas être le genre de fille qui attire tous les regards. Elle s'installa à la table la plus éloignée du comptoir et posa son sac de sport sur la chaise près de la fenêtre. Quand la serveuse vint prendre leur commande, Holmi jappa et Camille fit semblant de tousser pour étouffer le bruit.

— Tiens-toi tranquille, tu vas nous faire repérer, chuchota-t-elle à son compagnon coincé dans la besace. Promis, ça ne va pas être long.

Puis elle s'empara de son téléphone et appela inspecteur bellâtre.

— Mademoiselle Dubon, s'il vous plaît, laissez la police travailler ! ordonna Björn Nilsson en décrochant.

— J'ai la preuve que la mère d'Anna est venue à Mokkjokk le soir de sa disparition.

— …

Avait-il bien entendu ?

— Allez-y, je vous écoute.

Camille jubilait. Elle décida cependant de ne pas jouer avec la patience de son interlocuteur et de tout lui révéler par téléphone.

— Son nom est Dorothea Connors. Elle a pris un taxi à l'aéroport de Leluo le 11 décembre pour se rendre à la scierie Holmgren. J'ai le numéro du chauffeur qui l'a conduite.

Björn ne savait pas quoi dire. D'un côté, il était énervé et humilié qu'une Française sortie de nulle part ait réussi à trouver ce renseignement avant lui. Il avait travaillé sur la piste de la mère d'Anna après sa discussion avec Camille, mais ses recherches n'avaient pas abouti. Cette femme semblait avoir disparu de la circulation du jour au lendemain.

Il supposait qu'elle avait dégoté de faux papiers sur le marché noir. D'un autre côté, il se sentait excité par cette information. Il allait enfin pouvoir mettre un point final à cette enquête et peut-être retourner dans le sud. Cet espoir lui donnait des ailes, particulièrement quand il vérifiait le thermomètre. Qui donc peut vivre dans un coin pareil ?!

— Très bien, envoyez-moi tout ça par SMS.

— Vous allez me tenir au courant de l'avancement ?

Björn soupira. Travailler en équipe n'était pas du tout son truc. C'était d'ailleurs ce qui l'avait conduit dans ce trou perdu. Peut-être pouvait-il faire un effort ? Bien que cette Française l'énervât au plus haut point, il lui devrait une fière chandelle si cette information s'avérait véridique.

— OK, finit-il par sortir les dents serrées.

Chapitre 36

Rebondissements dans l'affaire Holmgren : un deuxième meurtrier découvert

Alors que la culpabilité de Fredrick Johansson pour le meurtre de Leif Holmgren a été avérée, la disparition d'Anna Holmgren restait encore un mystère. Sa voiture a été flashée sur la route 97 en direction de Leluo, mais il était impossible de savoir si Anna était bel et bien la conductrice. Avait-elle été assassinée ou s'était-elle enfuie ? Les hypothèses allaient bon train. Mais grâce à l'incroyable talent d'enquêteur de l'inspecteur Nilsson, le voile est maintenant levé.

Lorsqu'Anna Holmgren a repris la direction de la scierie, à la suite du décès de son frère, elle aurait découvert dans son bureau, une lettre de leur mère, Lotta Holmgren, qui souhaitait reprendre contact avec ses enfants. Le choc a dû être grand pour cette femme abandonnée par sa génitrice alors qu'elle n'avait que huit ans. Pourtant, elle a immédiatement appelé le numéro inscrit sur la missive, pour convenir d'un rendez-vous à Mokkjokk.

Lotta Holmgren, aujourd'hui connue sous le nom de Dorothea Connors, trop heureuse d'obtenir enfin une réponse, sauta dans le premier avion disponible. C'est ainsi qu'elle arriva à Leluo le 11 décembre et prit un taxi jusqu'à la scierie. Mais les choses ne se passèrent pas comme elle escomptait. Anna ne lui tomba pas dans les bras, mais la cribla de reproches. L'aigreur de son frère, sa mauvaise relation avec sa famille, la tristesse de son père, tout était la faute de sa mère. Elle ne voulait plus jamais la revoir et la traîna vers sa voiture pour la ramener à l'aéroport. Une violente dispute éclata entre les deux femmes et une chute accidentelle tua Anna sur le coup.

Paniquée et stimulée par l'adrénaline, Dorothea Connors mit le corps de sa fille dans le coffre de l'auto. Puis, elle conduisit jusqu'à l'aéroport de Leluo. Ne souhaitant pas qu'on la retrouve, elle eut l'idée de garer le véhicule sur un chemin forestier isolé. Puis, elle finit le trajet à pied, se trouvant seulement à quelques kilomètres des pistes d'atterrissage.

La meurtrière, rapatriée en Suède, est actuellement en détention pour homicide involontaire, entrave à la justice et dissimulation de preuves. Elle a avoué tous les faits reprochés.

La petite ville de Mokkjokk a donc été le théâtre non pas d'un, mais de deux meurtres en moins d'un mois. Espérons que ce soit le dernier.

Bernie Freud

Camille reposa le journal d'un air satisfait. Elle avait spécifiquement demandé à Bernie de ne pas mentionner son nom et de donner tout le crédit de l'enquête à cet insupportable inspecteur Nilsson. Après le cauchemar qu'elle avait vécu avec les précédents investigateurs, elle préférait avoir celui-ci de son côté. Flatter un ego était une solution souvent infaillible. De plus, il avait tenu sa promesse de l'informer sur l'affaire, ce qu'elle avait particulièrement apprécié.

— Les journées vont te paraître mornes, maintenant que toute cette histoire est derrière toi, lui dit Anita avec un sourire complice.

— Tu plaisantes ! Mes parents ont finalement décidé d'arriver dans un mois ! Je dois leur organiser le meilleur séjour possible. Je t'assure qu'un peu de calme avant cette nouvelle tempête ne sera pas du luxe.

— Je suis sûre qu'ils vont adorer !

Holmi, qui semblait dormir profondément, grogna soudainement.

— Il n'a pas l'air d'accord avec toi… Il faut dire que je l'ai déjà briefé sur mon père.

Camille caressa la tête de son chien, puis alla déverrouiller la porte du salon de thé. La neige s'était remise à tomber et un sourire arqua la bouche de la jeune femme. Elle allait enfin pouvoir apprécier la Laponie à sa juste valeur.

Table des matières

Tu as aimé cette histoire?

Je t'offre une nouvelle inédite!

Deviens une lectrice VIP et reçois gratuitement "Nom d'un Flocon!", une nouvelle inédite de Camille et Holmi en Laponie. Pour la recevoir, scanne ce QR code

ou tape "Garance Pommeroy" dans ton moteur de recherche et retrouve le lien d'inscription sur mon site internet :) En devenant une lectrice VIP, tu profites de lectures inédites, d'infos exclusives et de pleins d'autres surprises! Tu pourras même participer à la création des livres.

A bientôt,

Garance

LES LIVRES DE GARANCE

Livres cosy mystery

Série Crime et Boule de neige

Tome 1 — Bienvenue en Laponie
Tome 2 — Vacances en bord de meurtre
Tome 3 — Rouge Sang et Mort dorée
Tome 4 — Cache-cache avec le diable
Tome 5 — Par monts et par mort
Tome 6 — Complètement dinde !
Tome 7 — Passé n'est pas gelé
Tome 8 — Sortie le 22 octobre 2026

Autres

Joyeux Noël et Bon Trépas
Mocktails, Meurtre et Sable chaud

Trilogie polar historique

Henriette (trilogie complète)

Comédie criminelle

Au secours, mamie débarque !
Au secours, mamie débarque ! 2 – sortie le 15 juillet 2026

Véritable globe-trotteuse, Garance a vécu dans de nombreux pays, du Canada à la Nouvelle-Zélande, en passant par Malte et les Seychelles. Mais ce qu'elle préfère, ce sont les contrées nordiques, les forêts à perte de vue et les paysages enneigés.

Elle a travaillé durant une dizaine d'années dans le tourisme, exerçant toute sorte de métiers. Vous l'avez peut-être déjà croisée en tant que guide sur des bateaux d'observation de macareux, ou dans un restaurant de spécialités suédoises, ou encore en Bretagne où elle organisait vos prochaines vacances.

Aujourd'hui, elle partage sa vie entre la Suède et la France, à vous concocter tout plein d'histoires de crimes et d'enquêtes palpitantes, en commençant par une série d'enquêtes cosy mystery *Crime et boule de neige,* dont le décor se place dans sa Laponie bien-aimée.

www.ingramcontent.com/pod-product-compliance
Lightning Source LLC
LaVergne TN
LVHW030458160826
845673LV00022B/2921

* 9 7 9 8 3 7 2 4 0 9 9 1 0 *